ベリーズ文庫

天敵御曹司と今日から子作りはじめます
〜愛され妊活婚〜

佐倉伊織

JN250136

STARTS
スターツ出版株式会社

目次

天敵御曹司と今日から子作りはじめます～愛され妊活婚～

天敵御曹司と今日から子作りはじめます
～愛され妊活婚～

プロローグ

「抱きたい」

理人《りひと》さんにささやかれると、たちまち心臓が暴れだし息が苦しい。しかし拒む理由などなかった。

「はい。……ん」

承諾の返事とともに唇が重なり、舌と舌が絡まり合う。がっしりと後頭部を支えられて続く激しいキスに酔いしれる。

「はっ」

離れた隙にようやく息を吸い込んだ。

「ダメだ。止まらない」

彼は悩ましげな表情で私を見つめ、そしていきなり抱き上げて向かったのは新しいベッドを入れた寝室だ。

私をそっと下ろした理人さんは、顔の両脇に手をついて見下ろしてくる。彼の真摯な視線が突き刺さり、気持ちが高揚していく。

「気持ちが止まらないって、こういうことを言うんだな」

「えっ？」

「真優《まゆ》が欲しくてたまらないんだ。心も体も全部、俺だけのものにしたい」

強い独占欲に心が満たされていく。

「私……」

「どうした？」

彼は少し首を傾けて、私の頬を大きな手で包み込む。

「私、理人さんを不幸にしないでしょうか」

彼に差し出された手を取ったものの、それが心配なのだ。

「愛した女を自分のものにできるのに、どうして不幸になるの？」

「どうしてって」

どういう意味かわかっているでしょう？

「なにも心配いらない。俺は今、すごく幸せだよ。それに、真優がそばにいてくれるならこれからもずっと幸せだ」

「ほんと、に？」

「ああ。俺が全力で真優を守る。だから安心して」

彼の力強い言葉に涙腺《るいせん》が緩む。

「……はい」

「愛してる」

情熱的な愛の告白とともに熱い唇が降ってきた。

生意気な部下

「椎名《しいな》、ちょっと来い」

「は、はい」

外出から戻ったばかりの私、椎名真優を呼ぶのは、ここ『キッズステップ』に勤める私の上司、小暮《こぐれ》理人さんだ。二十八歳の私より七つ年上の彼は、現社長の息子でいずれは会社を継ぐと噂《うわさ》されている御曹司。

スタイル抜群で顔も整っている上、日本最高峰の国立大学を卒業している超がつくエリート。〝天は二物を与えず〟が嘘《うそ》だと証明しているような人だ。

キッズステップは、幼児教室、高校生や浪人生を対象にした大学受験塾の経営、そして通信教育の三本柱で構成された教育関連の会社で、私は関東地区の大学受験塾のチームにいる。いくつか担当教室を持ち、その教室の運営や質の向上を任されているのだ。

小暮さんは、幼児教室と大学受験塾を束ねる統括部長。両チームの状況に常に目を光らせている怖い存在で、私もしょっちゅうコテンパンにやられている。

といっても彼が口にするのは正論で、論破されると腹は立つものの仕事はすこぶるできる人というのが私の評価だ。――なんて、私が言うのも偉そうだけど。

「なんでしょう」

「これ、却下」

彼が私に差し出したのは、チームリーダーを通して提出してあった、担当している塾のクラス配置の変更についてだった。

「どうしてですか？　今の状態よりこちらのほうが絶対にいいと思うのですが。教室長もそうおっしゃってます」

キッズステップの大学受験塾は、大手予備校のように大講義室で講師が授業を行う形式とは異なり、少人数制。多くても四十名くらいのクラスで、講師も生徒全員の名前と顔が一致しているのが特徴だ。教科はそれぞれの選択制なので、高校とはまた違うのだけれど、手厚いサポートを売りにしている。

今回の変更の提案は前々から話題に上っており、毎月行われるテストの結果で席順を決めるというもの。現在は自由着席形式になっている。

「どうしていいと思ったのか説明してくれ」

「はい。現在、同じ教科でもレベル別にふたつ講義を行っていますが、特に下のクラスの場合、親御さんに無理やり入塾させられたという生徒も多く、やる気がいまいちです。そういう生徒たちは、自分より成績が下の生徒にずるずると引きずられてしまいます」

「うん、よくあるケースだね」

そこは納得らしい。

「そこで、クラス内でも競争させてはどうかと。席順という目に見える形にしたら、奮起する生徒が増えるのではないかと教室長も話しています」

有名中学受験塾がこのシステムを取っているため、それにならった形だ。

「それはよその塾に任せればいいんじゃないか？」

すかさず言い返してくる小暮さんに身構える。

「どうしてでしょう」

「うちはきめ細かいフォローを売りにしている。その中には当然、生徒のやる気を奮い立たせるという項目も入ってくる」

「ですからこの提案を」

自分の主張は間違っていないと思い反論した。

「成績が下位の者について考えたことがあるか？　席順を決めれば必ず最後尾の生徒

が出る。次は頑張ろうと声をかければのし上がってくる生徒ももちろんいるだろうが、プライドをズタズタにされてさらに自信をなくす者もいるだろうな」

「それは、そうですが……」

「競争、競争が苦手な生徒がうちに来るケースが多い。そんな方法をとるなら、個別の面談に時間を割いて、やる気を焚《た》きつけたほうがいい。成績順による優劣は、生徒たち自身が模試の結果で嫌というほど思い知っている。それを可視化したほうがいい生徒と、しないほうがいい生徒がいるが、うちは後者が多いと思う」

私もしばしば各教室に赴くが、たしかに模試の結果が悪かった生徒との面談は重い空気が漂っている。

小暮さんの話を聞きながら自分の大学受験のときについて考え始めた。

私は高校では上位だったが、進学塾に入れられたので塾では四苦八苦した。席を成績順に並べられることはなかったものの、成績上位者の名前はいつも貼り出されていた。皆そこに載りたいと最初は躍起になったが、そのうちどうせ無理だとあきらめだす。私もそのうちのひとりだった。

ドロップアウトとまではいかなかったけれど、貼り出しによって尻を叩かれてもさほど効果がなかったように思う。

私は幸い上位に食い込めないのを両親にとがめられはしなかったが、同級生の中には叱られた子もいただろう。それはかなりのプレッシャーだ。最悪の場合、つぶれる可能性もある。

「席順がどうとかより講師の質を確保すること。面談の回数を増やしてそれぞれに合わせたフォローを入れること。もちろん、追い立てたほうがやる気が出る生徒はそうすればいいが、すでに落ち込んでいる生徒の傷口に塩は塗らなくていい。伸びたところを褒めつつやる気にさせるのが腕の見せどころだ」

ああ、その通りだ。

人気の講師にはいくつもの教室を掛け持ちしてもらっている。その講師の授業は楽しいし、雑談しながらもいつの間にか生徒たちを勉強の世界へと引っ張り込んでいる印象がある。そんな講師を育成すべきだ。

絶対に提案を通すつもりだったのに、あっさり論破されてしまった。

「考えが足りませんでした。講師の育成について検討しようと思います」

悔しいけれど素直に首《こうべ》を垂れると、彼はニヤリと笑う。

「しおらしいじゃないか」

「その通りだと思いましたから。でも、次の企画は絶対に通しますから」

鼻息荒く返すと、彼はふっと笑った。

「ところで小暮さんは、どんな塾に通っていらっしゃったんですか？　やっぱりうちの塾ですか？」

最難関の国立大学に難なく合格したという噂の彼の高校時代に興味がある。

成績下位の生徒への理解があるようだけど、おそらく彼はどこでも上位でコンプレックスなんてなかったはずだ。

「俺、塾には行ってないんだよ」

「は？　家庭教師？」

「ううん、独学」

目が点になるというのはこういうことを言うんだ。

「バカな質問でした。すみません」

「いや。俺、集団行動が苦手で。なんでもひとりでやりたがる生意気坊主だったんだよ」

「できればいいじゃないですか」

生意気だろうがなんだろうが、塾代もかけずに頂点の大学に入学するなんて、私が親だったらうれし涙を流している。

「まあ、そうだけど。その代わり性格に難があるから。論破する気満々の部下を追いつめてニヤニヤしたりとか」

ちょっと、それは私のこと？

「そうですね。難ありです」

上司に対してとんでもなく失礼な発言だが、小暮さんはこういう冗談に乗る人だと知っているのであえて口に出した。

「うわ、グサッときた。気をつけます」

おどけた調子でふざける彼から企画書を受け取って自分の席に戻った。

はぁ。またダメだった。

企画を練っているときは最高の考えだと自信満々なのに、小暮さんの前に行くと数分でその自信も木っ端みじんになる。

「まーた、闘ってたね」

隣の席から茶化してくるのは、同期入社の箕浦仁美《みのうらひとみ》だ。

彼女は一年半ほど前に、三年間交際を続けていた彼氏との恋を実らせて結婚した新妻。左手薬指に結婚指輪が光っている。

「うん。そして敗北」

「ははは っ。小暮さん強いよね。うちのチームの最強戦士ですらやられちゃうんだもん」

「ちょっと、最強戦士ってなによ。もっとかわいいニックネームにして」

抗議したものの、私には最強戦士が似合っているかもなんて自虐的《じぎゃくてき》になる。小暮さんにあこがれの眼差しを送る人はいれど、噛みつく女子社員なんてほかにいないからだ。

「うーん。考えとく」

仁美はおかしそうに口元を緩める。

「外、暑かった?」

七月半ばともなると連日のように三十五度を超え、体力の消耗が激しい。

「うん、ちょっと歩くだけで汗だく。ここは天国だね。小暮さんがいなければ」

クーラーの恩恵に預かりながら、ゆるくパーマがかかった胸のあたりまである髪をひとつにまとめてクリップで留めた。

「お、戦闘態勢」

「ムキムキの戦士みたいだからよして」

でも、仕事も日々闘いか。

今日は小暮さんに論破されたが、もちろん通る案もあるのだから一からやり直しだ。

私は気合を入れるために自分の頬を二度叩き、パソコンに向かった。


それからもしばしば小暮さんとぶつかった。

大学受験塾のチームリーダーで、私の直属の上司である山田《やまだ》さんには企画書も簡単に通るのに、小暮さんのところでダメ出しの嵐となる。山田さんは四十代半ばの男性で小暮さんより年上なのだが、圧倒的に厳しいのは小暮さんだ。

「あぁ、もう……」

先日の講師育成の件も練っているが、そもそも教える立場の人への研修というのはなかなか難しい。

「ギブアップ？」

頭を抱えていると、うしろを通りかかった小暮さんに話しかけられて「いえ」と虚勢を張る。

「講師の成績は可視化してもいいかもね」

「可視化？」

彼はぼそりとつぶやき自分の席に行ってしまった。

なるほど。

講師は生徒とは違う。彼らは仕事として給料をもらって請け負っているのだし、もっとシビアでもいいのかも。

受講を希望する生徒の数を表にするか。

小暮さんのひと言でピンときた私は、それから資料作りに没頭した。

とある教室の講師に関する資料ができあがり、うーんと伸びをして周りを見回すと、誰もいない。壁にかかっている時計が二十一時を示しているのに驚いて「あっ」と声をあげた。

「ようやく終わったか?」

この声は小暮さんだ。全員帰ったと思っていたのに、彼は個別相談をするブースのパーティションの向こうから現れた。

「すみません。もしかして、お待たせしました?」

「いや、俺も残業」

ブースを覗くとパンフレットが山になっている。その横には一枚の資料が。次の保護者説明会で添付する資料をパンフレットに挟んでいたんだ。

でもこれ、統括部長の仕事じゃない。

「小暮さんはこんな作業までしなくても。私がやります」

申し訳なくなり「すみません」と頭を下げたが、「手が空いている者がやればいい」と彼は微笑む。

正論だけど、役職的に彼より下の山田さんは絶対にやらないよ？

「それで、できた？」

「はい」

小暮さんは私のパソコンの前に歩み寄り、画面を覗き込む。

「これは顕著だな」

彼は人気最下位の講師を指さした。

「はい、驚きました。この講師、一方的に淡々と授業を進めるタイプなんですよね。授業の質はいいのですが、大手予備校からの移籍ですから大教室の感覚なのかもしれません」

高校の授業だったらお昼寝タイムになりそうだなと思いながら話す。

「うーん、生徒との距離が近いのがうちの売りなのに。コミュニケーションをとりながら生徒をやる気にさせるのは重要だ。物理か……。ただでさえ難しくて嫌いな生徒が多いのに」

もちろん教科によって受講生の人数には差があり、今回表にしたのは教科ごとの受講者の割合。それがこの講師だけ極端に低い。

「ですよね。私は文系だったので物理の教科書を見るだけで蕁麻疹《じんましん》が出ます」

「蕁麻疹って。おもしろいんだけどな、物理」

そういえば小暮さんは物理学専攻だったと聞いたような。素粒子がなんたらと講師と話しているところを見かけたが、私にはさっぱりわからなかった覚えがある。

「その講師をよく知っているなら、椎名が直接面接して指導すればいい。この結果を見せても見せなくても、効果的だと思う手段を選んで」

なるほど。講師の成績は可視化するというヒントをくれた彼だけど、それを見せるかどうかは、その講師の性格に合わせればいいのか。

とすると、あの物理の講師には見せないほうがいいだろうな。ちょっと自尊心が高そうなのでへそを曲げる気がするのだ。

「あとは……『物理は難しくて嫌厭《けんえん》する生徒が多くて困ってます。小規模人数制を活かして生徒を巻き込むような楽しい授業って、物理ではどうやるのでしょう』なんてうまく焚きつければ、それなりに考えてくれるんじゃないかな」

「なるほど」

ああ、どれだけ努力しても彼には追いつけないや。

「それより、今日はもう帰るぞ。また明日考えればいい」

「そうします。お待たせしてすみません」

彼は違うと言ったが、絶対に私を待っていてくれたのだと思う。パンフレットの作業こそ明日以降でいいからだ。

私は慌ててパソコンの電源を落としてバッグに荷物を詰め始めた。すると彼も帰り支度を済ませて、隣の席に座る。

「こんな生活続けてたら壊れるぞ」

「あ……。はい。気をつけます」

毎日残業ばかりしているから、そう言ったのだろう。そもそも塾は夕方からが仕事なので、ここ本部でもそれぞれの仕事に合わせてフレックス制が敷かれてはいるけれど、私はわりと朝早く出勤するほうだし。

「ひとりでいるのは不安？」

小暮さんの質問に、体にゾワッとした感覚が走る。図星で言葉が出てこない。

「……いえ」

「怖ければ俺の家に来るか？」

「とんでもない」

びっくりする提案に目を丸くしたが、彼のほうが驚いた様子だ。

「あはは。完全拒否か」

「ご迷惑はかけられませんから」

慌てて言うと、小暮さんは意味深長な視線を向けてくる。

「なるほど。迷惑じゃなければいいんだな」

「め、迷惑に決まってます」

「俺の気持ちをお前が決めるな」

彼はクスッと笑う。

「とりあえず腹が減った。おごるから食べに行こう」

「本当ですか？　ラッキー」

あえてはしゃいでみせた。すると彼は満足そうに口の端を上げて「行くか」と立ち上がった。


小暮さんが連れていってくれたのは、『ベリーヒルズビレッジ』という複合施設内にある高級レストラン。

高層ビルの五十四階でエレベーターを降りると、きらめくシャンデリアが目に飛び込んできた。足元にはふかふかの絨毯が敷き詰められていて、足を踏み入れるだけでちょっと背筋が伸びるような場所だ。

フレンチレストランでは窓際のテーブル席に誘導されて、眼下に広がる夜景に目がくぎづけになった。

「すごい……。宝石箱をひっくり返したみたい」

「うん、きれいだ」

彼も窓の外に視線を移して微笑んでいる。

「なるほど。こういうお店で女性を落とすんですね」

「そうそう。でも一向に落ちない女もいるんだよなぁ」

「小暮さんが落とせない女性なんているんですか？」

彼は大企業の御曹司で顔もスタイルも申し分ない。おまけに仕事もできるし、上流階級で育ったくせしてそれを鼻にかけることもなく、とても話しやすいのに。

「いるさ、そりゃ。眼中にないって感じだ」

「それは残念ですね」

しみじみ言うと、彼はなぜか苦笑している。

それからコース料理を注文して、ちょっとドキドキしながら食事を始めた。メニューに値段がなかったからだ。多分、小暮さんのほうのメニューには表示されているのだろう。

こんな高級店は初めてなので落ち着かない。さっきどこに行きたいと聞かれたときに適当な店を答えればよかった。

「どうかした？」

運ばれてきた炭酸水を手にする彼が、不思議そうに私を見つめる。

「あの……。今度はもう少しカジュアルなお店でお願いします」

正直に伝えると、彼は笑いをかみ殺している。

「了解。けど、ここのシェフが作るソースが最高だから、椎名に味わってもらいたかったんだよ」

「すごくうれしいし楽しみですけど、連日コンビニおにぎりの私にはハードルが高いんです。マナーもよくわからなくて。粗相をしたらごめんなさい」

失敗する前に謝っておこう。

「マナーなんて間違えたって大した問題じゃないさ。それより、毎日おにぎり？　料理するんじゃなかったか？」

しまった。余計なことまで漏らしてしまった。

「以前はしてましたけど、最近はコンビニに寄るくらいで」

「そっか」

彼はそれ以上深く追求せず納得してくれた。

フォークを入れるのがもったいないような鮮やかなテリーヌに舌鼓《したつづみ》を打っていると、小暮さんが話しだした。

「引っ越ししてからもなにかある？」

「……いえ、なにも」

私はつい二カ月ほど前に、学生時代から住んでいたアパートを解約して今のマンションに引っ越した。まだ新しく、セキュリティがしっかりしているその部屋を紹介してくれたのも小暮さんだ。１ＤＫで家賃は十三万ほどだったが、彼の知り合いが所有しているとかで八万で貸してもらえている。

「心配は尽きないか」

「そう、ですね」

私がうなずくと、彼は心配げに眉根を寄せた。

引っ越しをしたのにはわけがある。半年ほど付き合っていた彼氏からＤＶ行為を受けて逃げたのだ。

――二カ月前のその日、担当塾の保護者説明会で遅くなった私は、同行してくれた小暮さんに車でアパートまで送ってもらった。

「真優。今までなにやってた！」

車を降りると彼氏の克洋《かつひろ》が待ち構えていて、いきなり怒鳴りつけられた。

「なにって、仕事だよ。説明会があったの。言ってあったよね」

私の帰りが遅くなるのを知っていたはずなのに、彼はすこぶる不機嫌だ。

最近克洋は、私の帰りが遅くなるとあからさまに眉間にシワを寄せて怒りを表す。今日は小暮さんに送ってもらったから余計にだろう。

「それじゃあ、その男はなんだよ」

「上司よ。車だったから送ってくださっただけ」

説明しても頭に血が上っているらしく、克洋は小暮さんをにらみつけた。

私たちの不穏な空気を感じ取ったのか、小暮さんが車から降りてくる。

「君、浮気でも疑っているんだろうけど、今まで仕事だったんだ。遅くにひとりで帰すのが心配だったから送っただけだよ」

小暮さんまで説明してくれるので申し訳なくなる。

「信じられるか。来い」

克洋がいきなり私の手首を強くつかんですさまじい勢いで引っ張る。倒れそうになり踏ん張った。

「い、嫌っ」

血走った目が怖くてついていくのを躊躇《ちゅうちょ》すると、さらに強く手首を握られて顔をしかめる。

彼が束縛したがる人なのは知っていた。私がいつどこでなにをしているのか知りたがるので、いつも予定は伝えてあるのに。

これほど逆上されたのは初めてで、背筋が凍る。

最近は、独占欲を通り越して意のままになる所有物のような扱いを受けるのが苦痛で、私の気持ちは冷めつつあった。

「やめなさい。椎名が震えている」

「あんたには関係ない！」

小暮さんが隣に歩み寄って制するも逆効果だったらしく、克洋は怒りをむき出しにして叫ぶ。

「小暮さん、大丈夫です。もう行ってください」

関係ない小暮さんを巻き込むわけにはいかない。

私が小声で伝えると、それも気に入らなかったのか克洋が私に鋭い視線を送った。

「ほかの男としゃべってるんじゃねぇよ！」

「仕事って言ってるでしょ⁉」

あまりに理不尽で言い返した瞬間、さらに強く引っ張られて、有無を言わさず私の部屋があるアパートの二階への階段を上らされる。

私はチラリと振り向き、唖然《あぜん》としている小暮さんに小さく頭を下げてから従った。

これ以上小暮さんに迷惑はかけられない。

玄関に入った途端、私を壁に追いつめてにらむ克洋に胸ぐらをつかまれて焦る。

「お前、最近生意気だ」

「もう、別れて。こんな生活……キャッ」

別れを切り出したのと同時に、彼の右手が私の頬に振り下ろされて倒れ込む。さらには髪をつかまれて顔を上げさせられた。

「誰が別れるかよ。お前は俺の言うことだけ聞いていればいいんだ」

どうしてこんなに変わってしまったのだろう。出会った頃は優しかったのに。いや、私が本性を見破れなかっただけか。

「さっきの人は本当に上司なの。お願い、放して」

「信じられるか。お前はいつも予定と違う時間に帰ってくるじゃないか」

それは、仕事が残っていれば残業もするし、担当教室でトラブルがあれば対処しなければならないからだ。同じ社会人ならわかってくれると思ったのに。

「毎日予定通りは無理よ」

「口答えするな！」

克洋がもう一度右手を振り上げたので、殴られると覚悟して目を閉じた。すると玄関のドアが開く音がして、髪から手が離れる。

「女に手を上げるとは最低だな」

怒気を含んだ声に目を開けると、小暮さんが怒りの形相で克洋の手をひねり上げていた。

「お前には関係ないだろ！」

「椎名の名誉にかけて言っておく。彼女は浮気をするような人間じゃない。勤勉で誠実な女性だ。それもわからないお前に、彼女はもったいない」

「放せ！」

克洋はもがいているが、完全に小暮さんの力が勝《まさ》っていて動けない様子だ。

「まだ暴れるなら警察を呼ぶ」

警察という単語が出たからか、克洋がおとなしくなり始めた。

「椎名、部屋の鍵を貸せ」

「えっ？」

小暮さんの発言の意図がよく理解できないけれど、切羽詰まっていた私が言う通りにすると、彼の車の鍵を渡された。

「車まで走れ」

まさか、私を逃がそうと？

「でも……」

「いいから」

迷ったものの、目の前の克洋が怖くて部屋を飛び出して走る。

助手席に滑り込み部屋のほうに視線を向けると、克洋を追い出して施錠した小暮さんが戻ってきて、なにも言わずに車を発進させた。

「すみません……」

関係ない修羅場に巻き込んでしまった。

「いや、大丈夫か？」

「はい」

殴られた頬がジンジンと熱を帯びているが、それだけで済んだのは彼のおかげだ。

「こんなこと、いつもされてるのか？」

「最初はとても優しくて……」

鬼のような克洋の顔を思い出してしまい言葉が続かない。

「もう大丈夫だから。ゆっくり息をして」

促された通り深呼吸をして続ける。

「一カ月ほど前から変わってきて、束縛が激しくなりました。でも、危害を加えられたのは初めてです」

克洋とは行きつけのカフェが同じで、よく顔を合わせているうちに仲良くなり付き合い始めた。

できるビジネスマンという印象通り、彼は大手電機メーカーで働く優秀な営業マンだった。不機嫌なときもしばしばあったが、仕事の量が膨大だと聞いていたので、ストレスでイライラしているのかなと思ったくらいで、まさかここまで気性の激しい人だったとは。

「そう。とにかく無事でよかった。今日は帰らないほうがいい。俺の家に行くぞ」

「いえっ。これ以上ご迷惑をおかけするわけには」

「もう少し話を聞きたい。俺が心配で眠れないからそうしてくれ」

驚くような懇願に折れて、私はうなずいた。


小暮さんが住むのは立派なタワーマンションの一室だった。大理石の玄関に出迎えられていきなり圧倒される。

「遠慮はいらない。上がって」

ここに来るまでにコンビニに寄ってもらい、お泊まりに必要なものをそろえてきた私は、甘えることにした。

「すみません。お邪魔します」

廊下の突き当たりの部屋に入っていく彼を追いかけると、そこは三十畳ほどはあろうかという広いリビングで、きちんと片付いていた。

「そこ座って」

三人掛けの革張りのソファに促されて腰を下ろす。すると彼はしゃがみ込み、私の顔をじっと見つめてくる。

「殴られたのは頬だけ？」

「……はい」

「口の中は切れてない？」

「大丈夫です」

話しているだけで、勝手に涙がこぼれてきてうつむく。

「ちょっとごめん」

次に彼は私のカーディガンの袖をまくった。すると克洋に強く握られたせいで手首が真っ赤になっている。

「あざになってしまうかもしれないな。とにかく冷やそう」

彼は保冷剤を持ってきて私の頬に当て、手首には湿布を探し出してきて巻いてくれた。

「この湿布、いつのかわからないからやっぱり買ってくる――」

「行かないで」

立ち上がった彼を引き止めてしまった。今はひとりになりたくない。

「そう、だな。ごめん。ここにいる」

上司にとんでもない迷惑をかけているのは承知している。しかし体の震えが止まらず、とてもひとりでいられる状態ではない。

「ここは安全だから、少し落ち着こう。コーヒーでいい？」

「……はい」

素直にソファで待っていると、小暮さんがコーヒーを運んできて隣に座った。

「飲んで。俺、コーヒーにはこだわりがあって、豆もコーヒーメーカーもそこそこのものをそろえてるんだ。誰かがここに来るたびに自慢してるから、一応椎名にも」

彼は私をリラックスさせようとしているのだろう。少しおどけた調子で話す。だから必死に笑顔を作って「ありがとうございます」とお礼を口にした。

「でも、猫舌なんだよなー」と付け足した彼は、カップを口の近くに運び、フーフーと息を吹きかけてからのどに送った。

「うん、今日もいい出来」

自画自賛している小暮さんの横で、私もカップを手にした。けれども震えが収まらず、コーヒーの水面が小刻みに揺れている。

「おいしいです」

なんとか口をつけたが、本当は味なんてわからなかった。

「気に入ってもらえた？」

「はい」

カップをソーサーに戻してうなずくと、彼は口の端を上げる。

「だったら、また飲みに来い」

「えっ？」

「いつでも相談に乗る」

「……ありがとうございます」

上司の彼に仕事の相談ならまだしも、プライベートのいざこざを聞いてもらうわけにはいかない。でも、小暮さんの優しさがありがたくてうなずいた。

「これからどうしたい？　あの人とまだ付き合っていく？」

核心にグイッと踏み込んできた彼に、首を振って意思を示す。

こんなに震えが来るのに、とても会ったりできない。いや、もう二度と会いたくない。今日の克洋の行為で、完全に彼への気持ちが吹き飛んでしまった。

「……いえ。もう……」

「よかった。椎名に正常な判断能力が残っていて、本当に」

なぜか胸を撫で下ろしている彼は、私をまっすぐに見つめる。

「DVを受けた人は、自分が悪かったんだと思い込んで戻ろうとする。でも、なにがあろうとも力の強い男が弱い女に手を上げるのは許せない」

彼はさっきの光景を思い出しているのか、拳《こぶし》を強く握りしめる。

「ほんとはコーヒーの味なんてわからないだろ」

まさか、お見通しだったの？

「でも、次はわかるようにしてやる。だから俺に任せてみないか？　悪いようにはしない」

「任せてって……」

「あの男にはもう会わなくていい。念のために引っ越しもしよう。全部俺が手配するけどいい？」

「そこまでしていただかなくても」

ただ偶然居合わせただけの彼に、それほど親切にしてもらうわけにはいかないと慌てる。

「でも、椎名は下手に動かないほうがいい。あの男に捕まったら今度はなにをされるかわからないぞ。お前はまず身の安全を図れ。風呂、入れてくる」

優しく微笑む小暮さんのおかげで、次第に体の震えも収まっていく。

その晩は、いいというのにベッドまで貸してくれた。

そして翌日からは彼が手配してくれたホテルに泊まり、会社への送り迎えまでしてくれるという過保護ぶり。職場も知られているため危険だという配慮からではあるけれど、ひとりでは怖くて出社できなかったのでとてもありがたかった。

大手不動産会社の跡取りと仲がいいという彼は、その人が所有するマンションの一室を格安で契約してくれて、引っ越しはまるで夜逃げでもするように深夜にひっそりと。ひとり暮らしであまり荷物もなかったのが幸いして、業者に任せたらあっという間に終わった。

それから克洋の接触はなく、今は静かに暮らせている――。


とはいえ、克洋から受けた行為はかなりショックで、あれから二カ月経った今でもひとりで外をウロウロするのには勇気がいる。だから仕事帰りにコンビニで食べ物を買って、マンションに駆け込む日々。朝早めに出社して遅くまでいるのは、会社にいればさすがに手出しはできないと思うからだ。

最近はコンビニおにぎりばかりだと告白したが、それが克洋の一件のせいだと勘づいただろう小暮さんは、腕組をしてなにやら考えだした。

「うーん。うちに住む？」

「はいっ？」

予想外の言葉が返ってきたので、まじまじと彼の顔を見てしまう。

どういう意味なの？

「ひとりが怖いなら、うちのマンションのひと部屋貸すぞ」

「い、いえっ。とんでもない」

びっくりする提案に目を丸くする。ありがたいお話だけど、上司——しかも異性の部屋に転がり込むなんてありえない。

「ちょっとは考えろよ。即否定されると傷つくだろ」

彼はおかしそうに笑った。

「あぁっ、すみません」

「限界が来る前に言えよ。部屋の掃除はしておく」

「ありがとうございます」

これほど気にかけてくれる上司がいるなんて幸せだ。

メインの牛フィレ肉は舌の上でとろけるほど柔らかく、小暮さんが話していた通りソースが絶品。ヴァン・ルージュという赤ワインベースのソースはフレンチではよくあるらしいが、彼が食べたものの中でここが一番だとか。

久々にリラックスしておいしい食事を堪能できた私は、大満足だった。

「おいしかったです。本当におごっていただいてもいいのでしょうか」

「もちろん、その約束だし。ここで払わせたらかっこ悪いから、そうしてくれる？」

「あはは。それではお言葉に甘えて」

仕事では意見がぶつかるのもしばしばで、いつか彼をギャフンと言わせたいと思っているのに、プライベートでは助けてもらってばかりで頭が上がらない。

レストランを出たあと、再び彼の車に乗り込んだ。

「今日は本当にありがとうございました」

「どういたしまして」

「やっぱりいいお店をご存じなんですね」

さすがは御曹司だ。

「実は椎名のマンションの所有者が、あのビレッジの一角にあるレジデンスに住んでるんだ。そいつの紹介で一度行ったらうまくて、誰か一緒に行ってくれる女性を募集してたからちょうどよかった」

「募集って……」

小暮さんなら、いくらでも手を挙げる女性はいるだろうに。

「マンションのオーナーさんには、なんとお礼を言ったらいいのか。すごく素敵なお部屋です」

「うん。相馬《そうま》は無駄にセンスがいいからなぁ。去年生まれた子が歩きだしたって言うから、会いに行ってきたところなんだ。あたふたしてたけど幸せそうだったな」

そっか、お子さんが……。

私が教育関係の仕事に就こうと思ったのは、子供が好きだから。幼児教室希望だったが空きがなく、今は大学受験塾を担当しているけれど。

「子育ては大変でしょうけど、かけがえのない宝物ですもんね」

「うん。椎名も子供欲しい？」

「そうですね、いつかは」

三十歳を目前にして特定の男性もおらず、『いつかは』なんて悠長な発言をしている場合ではないのかもしれない。でも、克洋のことがあるので今は誰かと付き合いたいという気持ちすら湧いてこないのが現状だ。

「そう。俺も子供好きなんだよね。生意気なヤツとか特に」

「どうして生意気がいいんですか？」

「コテンパンに論破してやりたくなる」

その理由に噴き出したけど、子供好きなのはわかる気がした。彼ならいいパパになりそうだからだ。

「でも前に、ご自分の若かりし頃は生意気だったとおっしゃっていたような……」

「よく覚えてるな。似てるヤツはとりあえず倒しておかないと」

「なんですか、それ」

笑っているうちに車はマンションに到着した。

「ありがとうございました」

「椎名。もっと頼ってこい。まあ、鬼上司にそう言われても迷惑だろうけど」

「鬼っていう自覚があるんですね？」

つっこむと、彼は頬を緩める。

「さっきの子供の話と一緒だよ。椎名は論破したくなるタイプ。でも、そういう骨太のヤツは嫌いじゃない」

子供と一緒って。だからコテンパンにされるのか、私。

そういえば、私以外に彼と言い合っている人をあまり見た覚えがないような。

「骨太、頑張ります。おやすみなさい」

「うん、おやすみ」

挨拶をしたあと車を降りてエントランスに入っても、車が動く様子はない。
五階の部屋に駆け込み、照明をつけて窓から覗くと、ようやく走り去っていった。
私が部屋に入るまで見守っていてくれたのだ。
「鬼だけど、優しいんだよね」
車が小さくなっていくのを見ながら思わず漏らす。
でも、さすがにもう迷惑はかけられない。
窓をピシャリと閉め、ベッドにダイブする。
これからどうしよう。
克洋と付き合い始めた頃は、彼が結婚相手になるのかもしれないなんて思っていた。
もう結婚を意識する年頃だからだ。
友人もほとんど結婚しているし、子供がいる人も多い。幸せそうな話を耳にすると、
私もと思うのだけど現実は甘くない。
仕事しかないのかな……。
次の恋に踏み出せない限り、結婚出産という可能性はない。
いつか好きな人の子を生んで、幸せに暮らすのが夢だったのに。
大きく崩れた人生設計にため息をつきながら、お風呂の準備を始めた。

引っ越し後、克洋の気配はない。

さすがにもう現れないだろうと思いつつも、外出のときに周囲が過剰に気になって仕方がない。

担当している教室に赴く際もできるだけ人通りが多い道を選び、時折キョロキョロと目を動かして克洋がいないかを確認してしまう。

さすがに仕事中にウロウロしてはいないだろうけど。

私に手を上げた彼が優秀な営業マンとして涼しい顔で働いていると思うと、人の本性を知るのは難しいなと絶望的な気分になった。


翌日。担当教室の教室長と打ち合わせをして本部に帰社すると、隣の席の仁美が「小暮さんが捜してたよ」と耳打ちしてきた。

「え、なにやったんだろ私」

「あはっ、叱られる前提？　ま、いつもバトッてる印象はあるけどね」

そういえば仁美が小暮さんと言い合っている姿を見た記憶はない。呼ばれる機会はあっても、指導されるのみだ。

あぁ、そうか。私みたいに言い返さないからか。

小暮さんにとって私は、生意気な小学生と同じ扱いだと思い出して眉間にシワが寄ったものの、『骨太のヤツは嫌いじゃない』という部分を都合よく解釈して、悪いわけではないと思うことにした。

「行ってくる」

「頑張って」

他人事《ひとごと》の仁美は、手を振って私を送り出した。

広いフロアの少し離れたところにある小暮さんのデスクに歩み寄ると、パソコンを操っていた彼は私に気づき顔を上げる。

「おぉ、椎名。この報告書、不足だらけだぞ」

差し出されたのは、チームリーダーの山田さんに言われて作成した報告書だ。

「すみません。ですが至急とのことでしたので、とりあえずデータがそろっている範囲で書き込みました。正式な報告書は後日作成します」

「そうだったのか」

山田さんの指示で空欄だらけのまま提出したのだが、小暮さんには伝わっていなかったのかもしれない。

「椎名、ちょっと」

小暮さんに別室に呼ばれて嫌な予感しかしない。きっともっと苦言が待っているのだろう。呼び出された私を見て仁美は笑っているはずだ。

でも仕事なので拒否権はなく、彼について会議室に向かった。

「なにか？」

入室してすぐに声をかけると、「そんなに警戒するなよ」と笑っている。

「しますよ。小暮さんにはありがたいお小言を頂戴する日々ですから」

「ありがたいお小言ねぇ」

私の嫌みに肩を震わせる彼は、近くにあったイスに座り、私にも促した。

「それで……」

「さっきの書類、山田の指示か？」

「はい。各教室から報告が上がってきていないのでまだ出せないとお話ししましたら、今の時点でわかるところだけでいいから大至急と」

高校三年生の進路希望調査の結果をまとめたもので、まだ面接が済んでいない教室もありデータがそろわないのだ。

「それであれ、必要な書類だと思った？」

鋭い指摘に言葉が出てこない。

正直、あんな書類を作ることになんの意味があるのかわからなかったからだ。だって途中経過なんて。これからいくらでも変わるのに。

「あははは。その苦々しい顔が物語ってるな。山田は仕事をしてますというポーズを示したいだけ。そのために椎名たちが余計な仕事を抱える羽目になる。必要ないものは断ってもいいぞ」

「とおっしゃいましても……」

上司にたてつくなんてと思いつつ、山田さんより上の立場の小暮さんには平気で意見をぶつけては論破されているなと考える。

山田さんと小暮さんとの違いはなんだろう。

「怖い、か?」

「えっ?」

質問の意味が即座にはわからず、答えを迷う。

「山田は自分の意見を否定されると途端に不機嫌が顔に出る。しかも、声が大きくなって言い方も威圧的になる」

よく観察しているんだなと感心しつつも、私のこともお見通しなのだと理解した。

「そう、でしょうか」

目が泳ぐのは心当たりがあるからだ。山田さんは気に入らないとあからさまに顔をしかめるし、チッと小さく舌打ちをするときさえある。声の大きさもそうだが、特に物言いが高圧的だ。

克洋に大声を出されてから山田さんのそうしたところが過剰に気になり始め、萎縮するようになった。

克洋とのトラブルを目の当たりにしている小暮さんは、そんな私を心配しているに違いない。

「山田には俺が言っておく。ただ、態度は急には変わらないだろう。なにかあればその都度俺に相談し――」

「大丈夫です」

私は小暮さんの言葉を遮った。あまり強く言ったからか、彼は目を大きくして驚いた様子だ。

「でも……」

「ご心配をおかけしました。必要ないと思うものは山田さんにご相談します。失礼します」

そうできる自信はまったくないが、小暮さんは私よりずっと忙しくしているのに負担はかけられない。

頭を下げて立ち上がると、「待て」と小暮さんに腕をつかまれて止められた。

「どうしてそんなに意地を張る。なんでもひとりでしようとするな」

そんな優しい言葉をかけないで。必死に立ち直ろうとしているのに、脆《もろ》い部分が出てきてしまう。

「ひとりでできてないじゃないですか。北千住《きたせんじゅ》教室の件、結局小暮さんにご足労いただきましたし」

先週、担当の教室で生徒同士のちょっとしたケンカが勃発《ぼっぱつ》した。怒って机を蹴った生徒に対してのクレームが相次ぎ、講師の一部から辞めさせろとの声があがったが、実は相手のほうがネチネチと成績に関する嫌みをぶつけていて、堪忍袋の緒が切れた結果だった。

双方の生徒に理由を聞いた教室長から報告を受け、私も立ち会って話し合いの時間を持ち、互いに悪いところを認め謝罪して終わったはずなのに、それぞれの親が口出しし始めてややこしくなったのだ。

私が出向いて教室長と一緒に説明したものの、机を蹴られたほうの親は『うちの子は悪口を言ったりしない』の一点張り。本人が認めているのに、『無理やり認めさせたんでしょ？』とまで言われ、話し合いが平行線となった。

そのうち、あの教室は荒れているという噂が飛び交い始め、ほかの塾に移籍する生徒まで出てきて、山田さんに対処をお願いしたが状況は変わらず。とうとう小暮さんに介入してもらったのだ。

彼は対峙《たいじ》した母親に『多感な時期の男の子の扱いはとても難しいですよね。ましてや受験というストレスを抱えている彼らを支えている親御さんには頭が下がります』と、いきなりの褒め言葉から入った。その時点で母親のつり上がっていた眉が下がったのを記憶している。

『長い人生、失敗は数々するでしょう。ですが彼らにはそれを修正しながら成長していくバイタリティが備わっています。それは親御さんが大切に育ててこられたからこそ。弊社の担当者がお子さんのお話を伺い、最後は当事者同士の話し合いで解決したそうです。そうした力があるのは素晴らしい。お母さまの子育ては間違っていなかったですね』

なんて、小暮さんがとびきり柔らかい笑みまでつけて話すと、母親の怒りがすとんと落ち着いたように見え、『そうでしたか』と納得まででした。

私や教室長は、ムキになって向かってくる母親にただひたすら『それは違います』

と反論していただけ。褒め言葉など一度も口にしなかった。

　暴言を吐かれてイライラしていたし、生徒たちは納得しているのにどうしてしゃしゃり出てくるの？という反発心まであったので、持ち上げるなんて考えもしなかった。

　私はそのときの小暮さんの対応を見て、完敗だと感じたのだった。

「あぁ、あれね。俺の作った笑顔、気持ち悪かっただろ」

　彼がクスクス笑うので噴き出しそうになる。

　あのあと、『過保護もほどほどにしないと子供がまっすぐ育たない』と真逆の発言をしてため息をついていたからだ。

「いえ、自然でしたよ。いつもされているのかと」

「言うな。ま、その通りだけど」

　私だって作り笑いは日常茶飯事。そうでなければ仕事はうまく回らない。

「あんなのはお安い御用だ。でも、椎名は……。いや。いつでも俺を頼ってくれていい。それだけは忘れるな」

「ありがとうございます。失礼します」

　私は今度こそ部屋を出た。

頼って、か。もう散々お世話になったのに、これ以上彼の手を煩《わずら》わせるのは気が引ける。しかも仕事ではなくプライベートでだったから余計に。

それにしても、全部見透かしているような小暮さんにはあっぱれだ。隠しごとなんてできそうにない。

「また企画書、書こう」

彼と熱く議論を交わす光景を思い浮かべながら、自分のデスクに向かった。

結婚と出産のジレンマ

翌日は土曜で会社は休み。出歩くのが怖い私は休日は部屋で過ごしていたけれど、今日は久しぶりに約束があって外出する予定になっている。

今日も暑い。今年は連日猛暑日で、塾に通う生徒も大変だったに違いない。なんて、若い彼らより私のほうが確実にダメージを食らっている。

「日焼け止め、っと」

三十歳が近づいてきて以前にもましてお肌の手入れを気にしているのだが、肌が弱いせいか日焼け止めをしっかり塗るとニキビができて困る。

いや、吹き出物と言わなければ叱られる。以前とある教室で講師と話していたとき、生徒に『もうニキビって歳じゃないでしょ』と笑われた。一緒だと思うんだけど。

「三十まであっという間だよね」

鏡に映る自分に問いかけながらため息をつく。

もう二年しかない。三十歳までに結婚してあわよくば出産もと考えていたのに、どう考えても無理そうだ。

気分が沈みそうになったものの、今日は久々に友達に会えるからと気分を切り替えてメイクを始めた。

カットソーにクロップドパンツを合わせたのは、動きやすさを重視してのこと。今日は四カ月ほど前に出産した友人、重森《しげもり》——いや、もう宝生《ほうしょう》紬《つむぎ》の家にお邪魔するのだ。なんでも商社に勤める旦那さまの太一《たいち》さんが急遽《きゅうきょ》海外出張になったらしく、遊びに来ない?とお誘いを受けたのだ。

会うのは出産した病院にお祝いに駆けつけて以来だけれど、そのとき生まれたばかりだった赤ちゃんは『びっくりするほど大きくなってるよ』と聞いているので、早く会いたくてたまらない。

紬の住居は小暮さんのマンションに劣らないような立派なタワーマンション。ここを訪れるのは初めてだ。

紬は高校時代の友人。花が大好きな彼女はフローリストをしているが、現在は育児休暇中だ。

エントランスでチャイムを鳴らすとすぐに応答があったけれど、けたたましい泣き声が聞こえてくる。

『真優、いらっしゃい。ごめん、ちょっとぐずってて。上がってきて』

開錠してもらい紬の部屋の前まで行くと、もう一度チャイムを鳴らす。すると、泣きやんではいるものの、まだ瞳を潤ませている赤ちゃんを抱っこした紬が出迎えてくれた。

「こんにちは。元気ね」

「そうなの。元気すぎて私が元気ない。散らかってるけど入って」

ペロッと舌を出す紬は、もともと細いが前よりも痩せたような気がする。妊娠して太りすぎたからお医者さまに叱られたと言っていたのに。育児が大変なのだろうか。

「お邪魔します」

出されたスリッパを履き、通されたのは広いリビング。その片隅にベビーベッドが置いてある。

「紬の好きな『エール・ダンジュ』のケーキ買ってきたよ」

「うわー、ありがと。コーヒーでいい？」

「うん。でもお構いなく」

紬がベビーベッドに赤ちゃんを下ろすと、泣きやんでいたはずなのに再び泣き始めた。それが、オギャーなんてかわいらしい泣き方ではなく絶叫に近い。

「はぁ。下ろすとダメなのよね」

「大変なんだね。ねぇ。私、抱いてもいい？」

「もちろん。律、抱っこしてもらおうね」

元気すぎる律くんに優しく語りかける彼女は母親そのもの。私が知っている紬とは少し違う。

「一応首はすわったけど、まだ気をつけてくれる？」

「了解」

　友人の赤ちゃんを何度か抱いた経験があるので、なんとなくはわかっている。首をしっかり支えて紬から受け取ると、律くんは泣きやんだ。

「真優は大丈夫なのね。太一さんのお友達が抱いたときは大泣きだったのよ。人見知りの時期じゃないだろうから、偶然かもしれないけど」

「そっかぁ。人見知りはまだなのか……」

「うん。まだ顔の区別がはっきりできないんだって。でも、誰かがそばにいないと緊張したり恐怖を感じたりするらしいの」

「えー、そうなんだ」

　こんなに小さいのにそんな感情があるとはびっくりだ。でも、小さいからこそなのかもしれない。自分ではなにもできないので、守ってもらわなければならないからだ。

「かわいい。ほんと、大きくなったよね」

「うん。だって体重が倍以上になったもん。成長が速すぎて私がついていけない」

紬は話しながらキッチンに行き、コーヒーを淹《い》れてテーブルに運んでくれた。

「ありがと」

「自由に出かけられないからストレスが溜まって。甘いものは救世主よ」

ケーキを出している紬の声が弾んでいる。育児で大変なのにお邪魔してもいいのかとためらいもあったけど、息抜きになればいいな。

「律、ご機嫌ね」

「たまに見ている分には天使だけど、やっぱり大変なんでしょ？　紬、痩せたんじゃない？」

律くんをバトンタッチすると、彼女はうなずく。

「覚悟はしてたけど想像以上だった。もちろん個人差はあるんだけど、律はよく泣くし寝つきが悪いの。太一さんは、甘えん坊で私から離れたくないんだろうなって笑ってるけど、一日中一緒にいると顔が引きつってくるのよね」

その気持ちはなんとなくわかる。

きっと今は全部律くんに合わせた生活で、自分がやりたいことなどほとんどできないに違いない。泣けば相手をせざるを得ないし、あまりに寝てくれなければイライラもするだろう。

「そっかぁ……」

「でも、かわいいんだけどね」

律くんを見守る紬の目がとても優しくて、大変だけど充実しているのかなとも思った。

彼女は律くんを抱いたままソファに座る。

「アイスコーヒーでよかった？　律を抱いてると熱いものは飲めなくてアイスばかりだから、聞かずに淹れちゃったけど」

「もちろん。外、暑いしね」

子を持った経験がない私には、いろんな配慮に驚くばかり。でも、熱い飲み物を律くんにかけてしまったら大問題だと納得した。

「真優をじっと見てる。いつもは抱いてても座ると泣くのに、真優の観察で忙しいのかな？」

「座ると泣くんだ。それまた大変」

私を観察してくれているなんて光栄だ。でも、母の大変さに目が飛び出そうだった。

「そうなの。疲れてるときは、抱いてるんだから一緒でしょ！って思っちゃう。まあ、ちょっと揺れてるのが好きなのかも」

好きでも母がへとへとになる。

「これいただいたら、私が代わるよ。食べながら抱いてる自信はない」

「あはは。ありがと」

紬は律くんを抱いたまま、器用にケーキを口に運ぶ。

「旦那さんはどこに行ったの？」

「ニューヨーク。慣れてるからちょっと行ってくるって感じだよ。でも、今回はさすがに律がいるから心配みたいで、しょっちゅう電話やメールが来るの」

「いい旦那さまね」

「うん。どんなに仕事が忙しくても、家事や育児を手伝ってくれるんだ。私ひとりでは育てられないと思う」

実家のお母さまに時々来てもらうこともあるようだけど、いつもというわけにはいかないだろう。そんなときに頼りになるのはやっぱり旦那さまだ。

「いいなぁ」

「真優、結婚は？　彼氏と順調？」

「実は別れたんだよね」

「え！」

紬は目が飛び出んばかりに驚いている。

「だから結婚もすぐには無理そう」

「そっか。無理に急ぐことはないけど、赤ちゃん欲しいって言ってたよね」

「うん」

「子育てがね……。体力があるうちに生んだほうがいいかもと、今は痛烈に思う」

彼女は苦笑しながら律くんを見つめる。

「そうだよね」

「赤ちゃんが来てくれるのは運みたいなところもあるし、あんまり気負っても仕方ないんだけど。真優、子供好きそうだし」

「やっぱり赤ちゃんは欲しいな」と言いつつ、パートナーはいらないかも、とふと考えてしまった。克洋の一件で自分が思っていたよりダメージを負っているようだ。

優しい人だと思っていた彼の豹変ぶりに、自分は人を見る目がないのだとかなり落胆したのだ。

私、相当まいってるのかも。

自分の心の傷の深さにちょっとびっくりしている。

「ね、交代する。たまにはゆっくり味わって」

私は急いでケーキを食べ終え、律くんを預かった。

「助かる」

「紬は、職場復帰するの？」

「そのつもりだったし、太一さんももちろんいいよと言ってくれてたんだけど、保育園と思うと私が寂しくなっちゃいそうで」

たしかに。育児は大変だけど、かわいい我が子とは離れがたいかも。

「ゆっくり考えるよ。でも、フローリストの仕事は大好きだから、律が成長してからでもいいし短時間でもいいから携わっていたいんだよね」

「お花、癒《いや》されるもんね」

リビングにも玄関にも、大きな花瓶にお花が活けてある。育児でてんてこ舞いでも花を飾るのを忘れないのは、フローリストが天職だからだろうな。そしてきっと旦那さまもそれを理解している。

私も旦那さまに何度か会ったが、紬を大切にしているのが伝わってくるとても素敵な人で、彼女のやりがいを応援しているのだろう。

私にもそんな人が現れるだろうか。でも、次の恋に踏み出す勇気がまったくない。

律くんを抱いたまま立って揺らし始めると、私の腕の中の律くんは言葉にならないような声を発して私をじっと見てくる。

紬が言っていたように観察中なんだろうな。赤ちゃんはいろんな刺激を受けてすさまじい勢いで成長していくというし。

「律くん、優しいママがいて幸せだね」

「あはっ。ずっと優しいのは無理よ。寝不足だとイライラしちゃって優しくする余裕がないの。反省してる」

きっとそれはどんな母親だって通る道だ。それでも立派に育てているのだから、やっぱり律くんは幸せだと思う。

しばらくすると彼はまぶたを閉じかけては開きを繰り返し始めた。

「眠いのかな」

「そうかも。さっきのギャン泣きも寝ぐずりかな。ちょっと寝かせてくるね」

紬はとても優しい表情で律くんを受け取り、リビングを出ていった。

彼女はそれから十五分ほどして戻ってきた。

「お待たせしてごめん」

「ううん。紬が幸せそうでよかった。律くん、あんなにかわいいし、旦那さまも優しいし」

「真優もいい出会いがあるといいんだけどな」

「今は仕事が楽しくて、彼氏は考えてない」

なんて、ちょっと嘘をついてしまった。仕事が楽しいのは間違いないが、彼女と律くんを見ていたらやっぱり子供は欲しいなと思ったのだ。

いや、嘘じゃないか。パートナーはいらないけど子供は欲しい。こんな告白をしたらびっくりしそうだから黙っておこう。

「残念。私も太一さんに出会うまでは仕事ばかりだったもんなぁ。でも、家族っていいよ。真優がその気になったら、太一さんに誰か紹介してもらうから教えて」

「ありがと」

家族か……。

以前より表情が豊かになった紬は、いい結婚をしたんだろうな。

でも、結婚した人が克洋みたいに豹変したら……と思うと怖くてその気になれないのもまた現実だった。

久々に紬とおしゃべりを楽しんだ私は、子育てに奮闘する彼女から刺激を受けて一層仕事に励んだ。

今日は新しくオープンする外苑前《がいえんまえ》の幼児教室の手伝いに来ている。見学会での対応に人手がいるので、空いているスタッフ総出なのだ。

「真優、次の方をお願い」

「了解」

とある親子の受付をした仁美が、教室の説明のために受付を離れていく。私は次に並んでいた親子を担当することになった。

しかし、お母さんに手をつながれた男の子はなぜか涙目で、お母さんの背中に隠れてしまった。

「こんにちは。どうかされましたか？」

「この子人見知りが激しくて、幼稚園でも孤立してるみたいなんです。お友達作りがうまくいかなくて、もう輪に入れないのかなと思って。こちらで新しいお友達を作れないかと期待しているんですけど」

小学校受験の対策を行う塾もあるが、キッズステップの幼児教室は遊びを通して礼儀作法を学んだり、コミュニケーション能力を高めたりするほうに重きを置く。

特にこの外苑前教室は初めての試みとして、一人ひとりの個性を発掘して、その分野を伸ばす指導を行う予定だ。

キッズステップでもほかの教室は、幼稚園のようにクラス単位で同じことにチャレンジさせるが、ここでは絵が上手な子は数人集まって絵ばかり描いていてもいいし、運動が好きな子は体育担当の講師と体を動かしてより上手な体の使い方をマスターさせる。

小学校に入ると一定の型に収まるのをよしとされがちで、秀でている部分を伸ばすより苦手な部分を減らす努力を強いられ、個性が失われるケースもある。その前に得意な分野を見つけて自信をつけてもらうのを目的に作られた幼児教室なのだ。

実はこの案、たまたま幼児教室の担当者との雑談の中で、私がこんな教室があったらいいのにと漏らしたのを小暮さんが聞いていて、いつもは却下ばかりなのにあっさりと採用になったのだ。

自分が出した案なのに担当させてもらえないのが腑《ふ》に落ちないのだけれど、幼児教室にかかわるのが夢だったのでうれしくもある。

「そうでしたか。まずはこちらに必要事項をご記入いただけますか？」

お母さんに事務手続きをお願いしたあと、私は膝をついて男の子と視線を合わせた。

「えーっと、陸人《りくと》くんね。初めまして、椎名です。なーんにも怖がらなくていいよ。ここでは陸人くんが好きなことだけすればいいの」

好きなことや遊びを通して能力を開花させるのは大人の仕事。彼らはやりたいことを見つければいい。

話しかけてもお母さんの脚にくっついたまま離れない。

「私も陸人くんくらいの頃は、いつもお母さんから離れなかったんだって。お母さんが大好きだからしょうがないよね。心配しないで、お母さんと一緒にいればいいんだよ」

もしかしたら幼稚園では無理やり引き離されているのかもしれないと感じた私は、そう付け足した。

すると彼は、ようやく私をちらっと見てくれる。

「陸人くんはなにが好き？」

答えはなかったが、彼が視線を送っている場所に気がついた。

「絵本読もうか。いっぱいあるんだよ。好きなの選んでね」

手続きを終えたお母さんと一緒に絵本のコーナーに行くと、彼はためらいなくお母さんから離れて熱心に絵本を選び始めた。

「幼稚園でもいつもこうらしくて。一日誰ともお話しせずに終わってしまうときもあるようなんです」

お母さんが小さくため息をつく。

「そうでしたか。絵本が大好きなんですね」

もしかしたら彼はお友達ができないのではなく、絵本ばかり読んでいてほかの子と会話を交わす暇がないだけなのかもしれないと推測した。

「絵本が好きなのは素晴らしいです。この時期にたくさん読んでおくと想像力も豊かになりますし。お母さまが心配なさっているお友達の件ですが、同じく絵本好きの子のそばにいたら変わるかもしれませんよ」

私はそう提案して、同じように絵本に没頭している女の子に声をかけた。

「あの子も絵本好きなんだって。これから先生が読むから、一緒に聞いてみない？」

私は講師ではないので普段はやらないけれど、絵本の読み聞かせくらいはできる。

うなずいた女の子を陸人くんの隣に座らせると彼は少し驚いた様子だったが、私が絵本を読み始めるとすぐに集中した。

「こぐまさんのはちみつケーキは――」

好みでなかったらそっぽを向かれるかもしれないと思いつつ様子をうかがっていると、時折ふたりは顔を見合わせて白い歯を見せる。

うまくいったかも。

大人だって趣味の合う人とは仲良くなりやすい。それと一緒だ。

その後熱心に私の読み聞かせに耳を傾けていたふたりは、終わったあとはなにも言わずとも絵本を選び始めた。

驚いたのは陸人くんが女の子が手にした本を見て、「おもしろいよ」と薦めていたことだ。これにはお母さまの頬も緩んだ。

「お友達を作りなさいって言い続けてましたけど、気の合う子がいなかっただけかもしれません」

お母さまの話にうなずく。

「仲良くなれるといいですね」

「はい」

私はそこで一旦離れたが、ふたりはずっとくっついて絵本を読みふけっていた。

「さすがだな」

「小暮さん、来られたんですか？」

社内会議があったので顔を出さないと思っていたのに、いつの間にか手伝いに来ていたらしい。

「会議よりこっちのほうが断然おもしろいだろ」

「間違いないです」

返すと彼はクスッと笑みを漏らす。

「椎名は小さい子の扱いがうまいね」

「子供好きなんです。幼稚園の先生になろうと思っていた時期もあったくらいで。結局大学は違う道に進みましたけど、やっぱり教育に携わりたいなと思ってキッズステップに入社したんです」

直接の指導はしていないが、どうやって生徒の能力を伸ばそうか考えるのは好きだ。まあ、目の前の上司に却下されてばかりなのだけど。

「幼児教室の担当を希望してたもんな」

「ご存じでしたか」

「就職の面接のとき、俺もいたから」

「え！」

全然覚えてない。

「端に座って観察してただけだけど。よく見ていると、うわべだけの言葉を吐いているのかそうじゃないのかわかるからな」

「いやらしいですよ、それ」

やっぱりこの人、一癖《ひとくせ》も二癖《ふたくせ》もありそうだ。いや、一筋縄ではいかないというべきか。

「いやらしいって」

肩を震わせる小暮さんは、陸人くんを優しい目で見つめていた。

私に衝撃が走ったのは、翌週の月曜日。担当の教室をいくつか訪問して戻ってくると、仁美がニヤニヤしている。

「天敵がお呼び。戻ったら第一会議室に来るようにって」

「え……。小暮さん?」

「真優の天敵は小暮さんしかいないじゃん。また、なんの提案してるのよ」

尋ねられたが心当たりがない。今朝、山田さんに提出した書類は形式的なものばかりで、小暮さんはスルーなはずだ。

「うーん。提案はしてないけど、講師の教育の件かな。とりあえず闘いに行ってきます」

例の物理の講師とは一度面談をして、小暮さんが話していた通りちょっと持ち上げてみた。そうしたら授業方法を変えてみると快諾されて、まだ様子見なんだけど……。

「どうぞご無事で」

敬礼して茶化す仁美を置いて、会議室に向かった。

「また会議室か……」

あのフロアでは話しにくいことなのだろう。

――トントントン。

「はい」

ノックをするとすぐに返事があり、ドアを開けた。

小暮さんはノートパソコンを持ち込んで、なにやら打ち込んでいる。

「お疲れ」

「お疲れさまです。お呼びだそうで」

「うん、座れ」

彼の隣のイスを引かれて戸惑う。真横でお説教もなかなかきつい。いや、正面でも同じか。

とはいえ断るわけにもいかず、素直に腰かけた。

「あれっ……」

自然と彼のパソコンの画面が目に飛び込んできて声が漏れる。

そこに表示されていたのは、先日手伝いをした外苑前の幼児教室についての資料だったからだ。しかも、教室長の名前の横に〝本部担当　椎名真優〟とあって目が飛び出そうになった。

「小暮さん、これ……」

「椎名、幼児教室やってみないか？　大学受験より適性があるように思うんだ」

もしや念願の配置換え？

「本当ですか？」

「おっ、乗り気だな。三秒前まで目が死んでたのに」

後半は余計ではないだろうか。でも、なにを叱られるんだろうと戦々恐々としていたので、その通りかもしれない。

「幼児教室は難しいぞ。なにせ高校生とは違って幼児は自分の気持ちを口にできないからなぁ。ま、高校生もできないときもあるが」

成長するにつれ、言葉に乗せていい感情とダメなそれとがわかってきて、胸の内すべてを吐き出さないようになってくる。

「そうですね。思春期は独特の難しさもありますし」

高校生になるといわゆる反抗期は終わりかけているが、完全に終わったわけではない。大人に物申したいお年頃なのだ。そのため、時々講師とぶつかっている光景も目の当たりにしてきた。

「俺もそうだったな。部屋に閉じこもって親の話なんて全然聞かなくて」

それは意外だ。

「優等生だったんじゃないですか?」

「そうでもないよ。聞かなかったというか、聞けなかった」

小暮さんが珍しく憂いを含んだ表情で吐き出すので不思議に思う。彼がこんな顔をするのは初めてだ。

「聞けなかった、とは?」

「俺の話はいい。それで、幼児は高校生とはまた違った大変さがあるが、先日の椎名の様子を見ていたらいけると踏んだ。この異動、受けてくれないか」

単なる玉突き人事ではなく適性を判断してもらえたのなら光栄だ。

「もちろんお受けします。精いっぱい頑張ります」

「よかった。期待してる。今の仕事の引継ぎと並行して、こちらの仕事にも入ってほしい。オープン間近だから一刻でも早く携わってもらいたいんだ。しばらく大変かもしれないが……」

「大丈夫です」

家に帰りたくない私は、無理やり仕事を作って増やしているようなところもある。その時間を幼児教室に費やせば問題ない。

「頼もしいね。俺もフォローする。雑用は振って」

「上司に雑用を振ったりできませんよ」

と反論しつつ、パンフレットの準備を黙々としていた彼の姿を思い出した。

ふたつのチームを統括するいわば偉い人なのに、必要とあらばなんでもする姿は尊敬できる。だからぶつかっても嫌いにはなれないのかもしれない。

小暮さんは微かに笑ったが、再びパソコンの画面に視線を戻した。

「先日、椎名がかかわった男の子、入会するそうだよ」

「本当ですか？」

絵本を読み聞かせた陸人くんだ。

「ついでに女の子も」

「よかった」

私の対応は間違っていなかったんだ。

「本部より講師のほうが向いてるかもね。本部にはうるさい上司がいて企画もなかなか通らないし」

「本当ですね。全然通していただけないので、同僚からは天敵と言われています」

「天敵って」

彼はおかしそうに白い歯を見せる。

「でも、負けるつもりはありません。幼児教室チームに行ってもバシバシぶつかる所存です」

「鬼上司に伝えておくよ。それじゃあ、引継ぎの資料の準備、頼んだ。大学受験塾チームには新人を配置予定だが、まだ使えないだろう。とりあえず椎名の担当教室は今いる人員に振り分けるから」

「承知しました」

担当を増やして迷惑をかけるかもしれないと思いながら、次の仕事への期待で胸を膨らます。

「かといって、残業はほどほどにしろ。予定がなければ家まで送る」

続いた小暮さんの言葉に驚き、目を見開く。

「雲の上の方に送っていただけません」

「雲の上の人間じゃなくて、天敵ですが？」

彼が茶化すので噴き出しそうになる。

こうして事情を知っている彼と話していると、あのときの恐怖が薄れていくような気がしてありがたい。でも、やっぱり頼りすぎだ。

「天敵はなおさらダメでしょう？」

「そういうものか」

「はい」

厚意は素直に受け取り、「お気遣いありがとうございます」と頭を下げる。

「気遣いじゃない。俺が気になるだけだ」

続いて放たれた彼の言葉にもびっくりしつつ、我が天敵は優しいんだなと思う。

「仕事中もお気遣いいただけると……」

「気遣ってるからこその却下だ。椎名に不必要な仕事をさせるのがかわいそうで」

あぁ、やっぱり一筋縄ではいかないや、この人。けれど、イジワルでそうしているわけではなく、反対する根拠があるのはわかっているので闘いを挑み続けるしかない。

「まあ、なんてお優しい。とにかく頑張ります」

「うん、よろしく」

私は頭を下げて会議室をあとにした。

彼が任せてくれたのは、私にできると判断されたという証だ。いや、大学受験塾チームは無理だという通告？

急に不安になってきたものの、念願の幼児教室にかかわれる日がようやく来たのだと、胸が弾んだ。


幼児教室の仕事に携わるようになって二週間。私は文字通り走り回っている。

大学受験塾チームの仕事のかなりの部分を、新人に任せられるまでという条件付きで仁美が引き受けてくれたおかげで随分助かった。手が足りないときは互いの仕事を手伝い合っていたので、なんとなく教室の雰囲気を把握しているからだ。

そうでない人との引継ぎは、教室長の人柄から講師、生徒についてまですべて網羅しなければならず、実際に教室に赴いて重要な点を伝えている最中だ。

そんな中で私の癒しはやはり幼児教室。まだ担当は少ないが、外苑前は新規オープンを目前に控えているため、時間があれば足を運び、見学に来た親子の案内もこなしている。

「あっ、陸人くん！」

入会を決めてくれた陸人くんがお母さんと一緒にまた顔を見せた。

「こんにちは。名前、覚えていてくださったんですね」

「もちろんですよ」

陸人くんは相変わらず恥ずかしそうにお母さんの背中に隠れたものの、チラチラと私を観察している。すごくかわいい。

「プレオープン中なのに何度も来てしまってごめんなさい。この子が絵本を読みたいとせがむんです。それならと思って本屋に誘ったのですが、ここがいいって」

もしかしたら、お友達と同じ時間を共有するのが楽しいとわかってきたのかもしれない。

「もちろん、いつでもおいでください。あっ、ご入会ありがとうございます。私、こちらの教室の担当になりましたので、陸人くんにとって心地いい空間を作れるように努力いたします」

まだ幼いので、なんでもチャレンジしてみて無理だったら次という柔軟性を持たせたいと考えている。

「楽しみにしています。絵本ばかりかもしれないですけど」

「そこから世界が広がるかもしれませんよ。ゆっくり進みましょう。陸人くん、椎名です。覚えてるかな？」

膝をついて彼の目線に合わせてから話しかけると、小さくうなずいてくれた。

「絵本、増やしたんだよ。おいで」

たったそのひと言で彼の表情が緩み、お母さんから離れて本棚に一直線。

「講師がお預かりしますので、しばらくお茶でもしてきてください」

「大丈夫でしょうか」

「陸人くんが呼んだら、すぐにご連絡します」

ここでは無理やり母子分離をしないという方針に決定した。私のごり押しなのだが、天敵の小暮さんも賛成してくれた。

幼稚園や保育園では無理やり引き離されるケースばかりなので、ここは子供たちにとって頑張らなくてもいい場所にしたいのだ。

幼児教室といえば、小学校受験対策とか礼儀作法を厳しくしつけたいとかいう要望が多いが、締めつけるのではなく、それぞれの子供のペースに合わせて成長を見守る教室があってもいいんじゃないかと思っている。

ただ、キッズステップでも初めての試みなので、失敗する可能性もあるのだけれど。

その日は講師に交ざって子供たちとたっぷり遊び、教室を閉めてからスタッフと打ち合わせをしたあと、帰宅の途に就いた。

終わったのは二十一時。教室スタッフは午後からの出勤だったけど、私は午前から本部にいたのでさすがに疲れた。

「月がきれい……」

穏やかな気持ちで夜空を見上げたなんて、克洋とのトラブルのあと初めてかも。いつも目立たないように顔を伏せ気味にして歩いていたからだ。

でも今日は、陸人くんがどんどんなついてくれるのがわかって幸せな時間を過ごしたせいか、ふと心が軽くなったのだ。

子供の力は偉大だ。彼らの癒しになりたいと思っているのに、私が癒されている。

純粋無垢《むく》な彼らと一緒に過ごしていると、いつの間にか自然に笑みがこぼれていた。

いつか自分の子が欲しいな。でも、やっぱりパートナーはいらない。

矛盾した気持ちが心の中でぶつかり合う。

克洋の行為に恐怖を覚えたものの、ほかの男性と会話を交わすのも怖くはないし触れられても平気だ。ただ、付き合うとなると積極的になれない。

克洋だって最初は紳士的だったし優しかった。それなのにあの豹変ぶり。相手の本質を見破れる自信がまったくないのだ。

もしその性格を把握しないまま結婚して子供を授かっていたら、子供まで暴言を浴びせられていたかもしれない。

そんなふうに考えては、やっぱり無理だと怖気《おじけ》づく。

『家族っていいよ』と笑顔で漏らした紬の顔が頭に浮かぶ。

私だって、そろそろ結婚して愛する人の子を宿し、幸せになっているはずだったのに。

理想と真逆の人生を歩みそうな自分に、ため息が出そうだ。

駅までの道のりを歩いていると、目の前に白のＳＵＶ車が停車した。その途端、背筋が凍り、心臓がバクバクと大きな音を立て始める。

逃げなくちゃ。

とっさにそう思ったのに脚が震えて動かない。涙目になったところで、運転席から若い女性が降りてきたので、ようやく酸素が肺に入ってきた。

「違った……」

克洋が乗っていた車と同じ車種だったので彼が現れたと勘違いしたのだ。よく見たらナンバーが違う。

自分の体を抱きしめて大きく深呼吸をする。

どうしてこんなことに……。

彼と知り合ったお気に入りのカフェには行けなくなったし、こうして似た車を見るだけで震える。

もう過去の話だと何度自分に言い聞かせても、あのときの恐怖が拭えない。

紬みたいに、素敵なパートナーと愛をはぐくみ、一緒に子育てしたいだけなのに。たくさんの人が叶《かな》える願望を私は捨てなければならないのだろうか。

せっかく空を見上げられるようになったのに、また視線が下を向く。

その日はどこにも寄らずにマンションに駆け込み、念入りに戸締まりを確認してから眠りについた。


嫌な夢ばかり見て寝不足気味だったが、翌日も早朝から出社した。ひとりでいるのが怖くてたまらないからだ。

フロアにはまだ誰も出勤しておらず少しソワソワするけれど、家にいるよりはましだ。

とはいえ、連日のハードワークのせいで疲れているのか、パソコンの画面を見ているだけでなにも進まない。

――コツコツコツ。

革靴が廊下の床を叩く音が近づいてくる。誰かが出勤してきたんだとドアに視線を送ると、小暮さんが顔を見せた。

「やっぱり」

挨拶の前にあきれ声を漏らす彼は、私のデスクに近づいてくる。

「おはようございます」

「おはよ。椎名、昨日遅かったはずだけど」

始業時間と終業時間はデータで保存されていて、彼はそれを覗く権限がある。昨日は外苑前教室を出たときにスマホから終業のチェックをつけておいたので、それを見たのだろう。

「はい」

「なのにこんなに早く出社して。体壊すぞ?」

心配してくれているんだ。

「平気ですよ。まだ若……くもないですね、はい」

若いと思っていたのにどんどん後輩が増えていき、今や先輩風を吹かせられるポジションになってしまった。

「いや、若いだろ。けど、若くたって休養は必要だ。椎名が倒れたらキッズステップはブラックだと噂が飛ぶぞ」

「あっ、すみません」

会社のことまで考えてなかった。でも倒れたりはしない。

「俺、別室で仕事をするんだけど、手伝ってくれ」

「構いませんが……」

どうしてここでしないのかさっぱりわからないけれど、大きいテーブルがいるとかなにか理由があるのだろうと思いながら、彼に続いて部屋を出た。

小暮さんが向かったのは応接室。応接室で事務仕事をする人なんていないのに。

「ここですか？」

「そう。椎名はそこ」

彼は三人掛けのソファを指さして私を促したあと、自分は対面に座った。

「外苑前、順調か？」

「はい。新しい試みばかりですが子供たちの笑顔が弾けていて、教室長も講師もいい教室になりそうだと話しています。まだ改善しなければならないところはたくさんありますけどね」

私が伝えると、小暮さんの顔がほころぶ。

「椎名が楽しそうだから、きっと成功する。最初はうまくいかないこともあると思う。でも、外苑前はチャレンジ校だ。失敗を恐れずキッズステップの新しい歴史を作ってほしい」

「はい、頑張ります」

〝キッズステップの新しい歴史〟なんて荷が重いけど、そうなればいいなと思う。

「そのために、担当者が倒れては困る。俺はしばらくここで仕事をするから、椎名は寝ろ」

「は？」

思いきり間が抜けた声が出た。寝ろと聞こえたんだけど……幻聴？

「椎名のことだ。子供たちと全力で遊んできただろ」

「あはは……」

運営についての相談より、そちらを楽しんだのを見透かされているようだ。

「子供のパワーについていくには体力が必要だぞ。ここでエネルギーをチャージして。目の下のクマがすごい」

「あ……」

私は慌てて手で目を隠した。コンシーラーで隠してきたつもりだったのに、隠しきれていないようだ。

「俺がいる限り誰にも手を出させない。安心して寝ろ」

次に放たれた彼の言葉に目を瞠《みは》る。このクマが仕事疲れだけでなく、ひとりが怖くて安眠できないからだと気づいているんだ。

私が眠れるようにソファのある応接室で仕事をするなんて言いだしたのだとようやく気づいた。

「あの——」

「しゃべりかけるな。仕事ができない」

ノートパソコンを立ち上げた彼は冷たい言い方をする。しかし、〝早く寝ろ〟という意味だとすぐにわかった。

「ほら、かけて」

なんと彼はジャケットを脱いで渡してくる。

「でも……」

「大丈夫だ。少々よだれがたれようが気にしない」

「私が気にします！」

上司の前で寝るなんてありえない。けれども、小暮さんの優しさが心に響いて、素直に甘えようと思った。

相当睡眠不足だった私は、いつの間にかぐっすり眠っていた。小暮さんに借りたジャケットを布団代わりにしたら、彼に守られている気がして安心したというのもある。

キーボードを叩く音で目を開くと、小暮さんが難しい顔をして仕事をしていた。

壁の時計が十時を指していて飛び起きる。十五分くらい休むつもりだったのに、一時間以上経過している。

「すみません、寝すぎました」

「いや、構わないけど。椎名は俺に絞られてることになってるから」

「え……」

どうやら取り繕っておいてくれたらしい。さぼりなのに至れり尽くせりだ。

「さて、なにを絞ろう」

「もう十分です！」

腕を組み考えだした彼を慌てて止める。そしてジャケットを返した。

「ありがとうございました」

「顔色、よくなってる。家で眠れないなら毎朝ここで寝るか？　付き合うぞ」

「いえっ、ご心配には及びません」

なんて言ったものの、家ではぐっすり眠れないのが現状だ。けれども、偶然克洋とのトラブルを目撃しただけの上司にこれ以上の迷惑はかけられない。

「椎名って案外……」

そこで言葉を止めた彼は、私をじっと見てふと口元を緩ませる。

「なんでしょう？」

「案外、かわいいところもあるんだな。怖いものなんてないと思ってた」

「なんかそれ、若干失礼ですから」

怖いものくらいあるわよ。

「でも、俺に真正面から突っかかってくるの、椎名くらいだし」

まあ、たしかに。ほかの人たちもこの鬼上司に企画を却下される機会は数あれど、バトルしている姿は見た記憶がない。皆小暮さんに言い返しても歯が立たないと、最初から白旗なのだ。

言い返しても、結局は白旗なんだけど。

「けど、それでいい。怖いものは怖い。強がるな」

次の言葉に驚いた私は、小暮さんをまじまじと見つめてしまう。

「幼児教室の子供、かわいいいだろ」

「はい」

突然話が変わって意図が読めないが、陸人くんの顔を思い浮かべてうなずいた。

「自分を頼ってくるものは、なんとかしてやりたいと思うものだ。だから、いつでも来い」

彼はパソコンを片づけ始める。

それって、もっと甘えろと言ってるの？

「ありがとうございます」

「うん。さて、そろそろ会議だな。データ見ればわかるのに、進捗状況の報告なんて無駄なんだけどなぁ。椎名、社長にやめろと言っておいてくれ」

「言えませんよ！」

いくら突撃が得意な私でも、社長の方針に口を挟めるはずがない。しかも社長はお父さままでしょう？

「しょうがないな。そろそろ無駄ですと指摘するか」

えっ、言えるの？

立ち上がった彼をポカーンと見つめる。

「外苑前、期待してるぞ。椎名が子供たちのお母さんになるんだ。きっとお前ならできる」

「はい、頑張ります」

返事をすると、満足そうに微笑んだ彼は応接室を出ていった。

子供たちのお母さん、か。

そのくらいのつもりでぶつからなければ、子供たちの心はつかめないかもしれない。お受験塾なら、それなりのカリキュラムをこなせばいい。でもあの教室は、子供たちの人生を豊かにしたいと目論んでいる場所なので、もっと踏み込んでかかわらなければ。きっと小暮さんもそれがわかっているのだろう。

やっぱり、子供欲しいな。教室の子はもちろんかわいい。でも、全身全霊を捧げて自分の子を育てるという経験もしたい。

克洋の件があって遠ざかってしまった夢を、改めて強く認識した。

自分のデスクに戻ると、隣の仁美がスケジュールのやりくりをしている。

「おはよ。ね、朝から濃密な時間を過ごしたんだって？」

濃密？　小暮さんに絞られたと茶化してるの？

「まあ、ね」

「でも小暮さん、外苑前には期待してると思うなぁ。昨日真優が会社を出てから、早く幼児教室チームに完全に異動させてくれって山田さんに指示してたもん」

仁美に無理を言って引継ぎはほとんど済ませたものの、あとふたつ残っている。ところが仁美もこれ以上はさすがに持てず、山田さんがほかの人に頼んでいるのに誰もうんと首を縦に振らないのだ。だからデスクの移動もできないでいる。

「そうだね。今のところ幼児教室の担当数を抑えてもらってるからこっちのフォローもできるけど、新人さん早く育たないかな」

皆ハードスケジュールだと知っているので、新人がひとり立ちするのを待つばかりだ。

「すぐは無理でしょ。ごめんね、私も難しくて」

「もう十分。というか、きついでしょ？」

パソコンの画面に表示されている仁美のスケジュールに視線を送った。

「あぁ、いつもならできるんだけど」

彼女は言葉を濁しながら廊下を指さす。ここでは話せないことがあるのだとピンときた私は、一緒に部署を出て給湯室に向かった。

「どうしたの？」

「結婚して一年半経つんだけど、なかなかできなくてさ」

仁美が自分のお腹を押さえて漏らした。

「あっ、赤ちゃん？」

「うん。避妊せずに一年経ってもできないと不妊症なんだって。うち、いつから避妊してないのかよく覚えてないんだけど、半年で七割くらいは妊娠するって聞いてちょっと焦ったというか……」

半年で七割妊娠するのか。それは私も知らなかったし、意外に高い確率に驚いた。

「そうなんだ……」

「うん。一度ちゃんと診察を受けようと旦那さんと話してるの。結婚して子供を望めばできるものだと勘違いしてたんだよね。不妊の可能性は誰にでもあると知ってたくせして、自分は関係ないと思ってたっていうか」

勘違いというか、婦人科系の疾患を経験していなければ、おそらく多くの人がそう思っているんじゃないだろうか。私も自分が妊娠できない体かもしれないなんて考えたこともない。

「そりゃあそうだよね。なんでもないといいけど」

「うん。真優も生理痛ひどいじゃない」

「まずいかな」

起き上がれないほどつらいときもある。そんなときは鎮痛剤に頼って無理やり仕事に行くのだ。

「子宮内膜症とかって可能性もあるじゃない。不妊の原因になるケースもあるみたいよ。真優も検査してみたら?」

「そうだね。でも産婦人科って、お気軽には行けない感じよね」

できれば行きたくない場所だ。

「たしかに、内診とか緊張しそう。私もできれば遠慮したいもん。だけどこの際だからいろいろ調べてもらうよ。旦那さんはアレの検査にちょっと抵抗あるみたいだけど」

あっ、精液検査かな。たしかになかなかハードルは高そうだ。

「そうね。でも頑張ってもらわないとね」

女性だって初めての産婦人科というのは緊張するものだし。

「うん。それでお休みをもらおうと思って、調整してるの」

「なんだかごめん。こんな時期に異動で負担をかけて」

「真優のせいじゃないでしょ。大学受験塾チームにもうひとり増やしてほしいって山田さんに頼んだの。もしうまくいって妊娠すれば、私も産休という可能性もあるし」

仕事はバタバタしそうだけど、仁美のところに赤ちゃんが来てほしいな。

「協力できることはするからなんでも言って」

「ありがと。また報告するわ。とりあえずコーヒー飲も」

仁美は笑顔でコーヒー豆に手を伸ばした。


八月末のまだ暑い盛りに外苑前教室が正式にオープンした。

今までのキッズステップの運営方針とはまるで異なる教室なので緊張したものの、かなりの希望者が集まり大盛況。「幼児教室には興味があったけどピリピリした雰囲気のところは合わなくて」と話す保護者が多いのにはびっくりした。塾や幼児教室はこうあるべきという概念でガチガチになっているのは、私たちのほうかもしれない。

オープンには幼児教室チームのスタッフはもちろん、仁美も手伝いに来てくれて助かっている。少し遅れて小暮さんまで駆けつけてくれた。

「お疲れ。すごいな」

「はい。入会希望者が殺到して、曜日によっては入会を保留にしなければならなくなっています。私の読みが甘かったようです。すみません」

スタッフが足りなくて、火曜日の教室はこれ以上受けられなくなってしまった。

子供たちにやりたいことを選んでもらうスタイルは、スタッフが通常より多くないと成り立たないのだ。

「初めての試みなのだから仕方ない。それよりこれからどうするかだ。……福本《ふくもと》」

小暮さんは幼児教室チームのリーダーを見つけて離れていった。福本さんは三十代半ばの自身も子育てをしている女性だ。

受付を仁美に頼んだ私は、入会済みの子供たちの様子を見に走った。この時間は幼稚園での生活を経験している四、五歳児だからか、泣き叫ぶ子がいててんてこ舞いという光景はなく助かっている。

広いフロアにはいくつかのグループができていて、それぞれ好きなことに没頭している。何人かの講師がその輪に入り、見守りつつ教えるスタイルだ。そして、以前の陸人くんのように人見知りが激しい児童にも講師がつき、なにに興味があるのか探っている。

子供たちがもっと慣れてくれれば講師の負担も減って、もう少し人数が増えても大丈夫なんだけどな。

「椎名」

再び受付の様子を見に行こうとすると、小暮さんに呼ばれた。

「なんでしょう」

「福本にほかの教室から講師を回してもらえるように調整させる。余っているところもあるからね。火曜の四時、あと五人受けろ」

「助かります」

小暮さんの機転で窮地を乗り越えられた。

一日が終わると立ち上がるのが億劫《おっくう》なくらいへとへとになっていた。

今は入会料無料キャンペーンをしているため、手続きをする人たちが押し寄せて大変になるのはわかっていたけれど、大学受験塾チームよりすさまじくて放心状態。

スタッフを帰して最後に教室を閉めて出ると、小暮さんが待ち構えていた。

「お疲れ」

「お疲れさまでした。すみません、もしかして待っていただいてました？」

「まあね。食事に行かないか。明日も大変な部下の英気を養わないと。今、椎名に抜けられたら誰にも回せない」

彼は路駐してある車に視線を送る。

なんだかいつも気を使わせてばかりで申し訳なくもあるけれど、素直に甘えようと思いうなずいた。

連れていかれたのは、以前も食事を楽しんだ高級フレンチレストラン。彼はここのシェフの作るソースがとにかく気に入っているらしく、時々食べたくなるのだとか。

「こんなよれよれの日に来るところじゃないですよ」

ぼそりと漏らすと、彼は肩を小刻みに揺らす。

「よれよれって。今日は祝杯を挙げに来たんだからいいだろ」

小暮さんは相変わらずスマートに注文を済ませ、食前酒のシャンパンで乾杯だ。車のはずの彼だけど今日は飲みたい気分だからと、もうここのビル内にあるホテルに宿泊すると決めたようだ。お金持ちの行動は理解できない。

運ばれてきた前菜は先日のテリーヌとは違う。バルサミコ風味の鴨肉や生ハムに、色とりどりの野菜が添えられている。

「ここはいつ来ても違う前菜が出てくる。だから通いたくなる」

笑顔で口に運ぶ彼は、とてもおいしそうに食べる。私もそれにつられてフォークを伸ばした。

「福本が、こんなに自由度が高い教室が成功するとは思ってなかったとびっくりしてたぞ」

「初心者がいきなり好き勝手をしてすみません。こっそり漏らしたひと言が実現するとは私がびっくりでしたし」

外苑前教室も当初はほかの教室と同じように、クラス制で全員同じ授業を受ける形式のはずだったが、私と幼児教室担当者との雑談をきっかけに方針転換した。

小暮さんが『やってみよう』と言ったとき、福本さんが眼鏡の奥の目を見開いて顔をゆがめたのは覚えている。ようは、反対だったのだ。

「俺が渋っていた福本にとにかくやらせてみてと指示を出したからな。だから失敗したら俺も連帯責任だったかも」

彼は自分の首を手で切る真似をする。

そんなの初耳だ。

「え！　もー、そういうイチかバチかみたいなのはやめてください。私はクビになっても次の仕事を探せますけど、小暮さんはそうはいかないんですよ」

「なんで？　部下に責任を押しつけるだけの上司なんていらないだろ。それに、今回は椎名の案に乗りたいと思ったんだ」

天敵上司の言葉かしら、これ。

でも、初めて小暮さんに認めてもらえたようで心が弾む。

「成功したんだからいいじゃないか。祝杯だ。好きなだけ飲んで」

私より上機嫌な鬼上司はかなり飲めるらしく、ワインをボトルで頼んでいる。

彼がチョイスしたワインはフルーティで口当たりがよく、かなり好みの味だ。

注がれるままに飲んでいると、デザートが出てくる頃には頭がふわふわしていた。

「かわいかったな、ちびっ子たち。私も自分の子が欲しいな……」

上司相手になにを告白しているんだろう。

そんな理性が少しだけ働いて口を閉ざしたものの、彼は乗ってきた。

「子供っていいよな。どんなときでも全力でぶつかってくる。大人になるといろんなしがらみができて、躊躇することが増えてつまらない」

「あはっ、ぶつかってばかりですみません」

嫌みなのかと思ったけれど、彼は頬を緩めて首を横に振る。

「だから椎名はおもしろい。もっと構いたくなる」

「構わないでください。スッと企画を通してもらえれば」

「それは断る。だけど、幼児教室チームに引っ張って正解だった。子供たちと一緒にいる椎名、すごくいい顔してる。椎名の子は幸せだろうな」

そんなふうに言われたら、ますます自分の子供が欲しくなる。

婦人科で診察を受けた仁美は、不妊症という診断を受けた。原因を探るために受けた子宮卵管造影検査がかなりつらかったらしく、しかも卵管が狭窄《きょうさく》気味だったと浮かない顔をしている。けれどもこの検査のあとは妊娠率が上がるようで、自然な妊娠も期待できると話していた。

妊娠出産、そして育児は、女性にかなりの負担がかかるのが現実だけど、それを上回る幸せが待っているんだろうなと、律くんを抱く紬の幸せそうな顔を見て考えた。ただ仁美の話を聞いて、欲しいと思ったときにすぐにできるわけじゃないんだとも思い知らされた。

仁美に不妊かもしれないと打ち明けられてから少し調べたのだが、妊孕性《にんようせい》――つまり妊娠するのに必要な力は二十六歳をピークに年齢とともに落ちていくとか。そして三十五歳前後を境に顕著に低下する。

二十六歳なんて、もう超えている……。

望めばいつでも妊娠できると思い込んでいた私には衝撃の現実だった。仁美が不妊を心配していたのは納得だし、むしろ二十八歳でパートナーすらいない私のほうが焦るべきだ。

これから恋愛して結婚して、そして妊娠と順調に進んだとしても数年はかかる。三十五歳なんてあっという間にやってくるのだ。

しかも、男性とのお付き合いに対して疑心暗鬼に陥っている今は、男性を信頼し好きになれるまでこの先何年かかるのか見当もつかない。

「欲しくたって……無理なんです」

あぁ、ちょっと酔いすぎかもしれない。こんな話をするつもりじゃなかったのに、胸に抱えるもやもやを誰かに打ち明けてしまいたい。

「どうして？」

「子供は欲しいけど、パートナーは怖いんです」

きっと私は小暮さんに甘えているんだ。

克洋の暴力を知っているのは、偶然居合わせた小暮さんだけ。だから、パートナーを積極的に求められないという気持ちを理解してくれるのはおそらく彼だけだから。

「……そう、か」

私の言葉に一瞬目を見開いた彼だったが、そのあと困った顔をする。

「俺も……自分の子が欲しい。でも幸せというものがよくわからなくて」

「えっ？」

「いや、なんでもない」

彼は気になる言葉を口にしたものの、即座に打ち消して黙り込んだ。

幸せというものがよくわからないって、どういう意味？

小暮家という立派な家庭に生まれて、キッズステップという大きな会社を継ぐ彼の口から飛び出す言葉とは思えない。

しかし、酔いがどんどん回ってきてなにも考えられなくなる。

「椎名、大丈夫か？　疲れてるのにピッチが速すぎたか……。立てる？」

いつの間にか小暮さんが隣に来て、私の肩をトントンと叩いている。

「ラクシー……」

タクシーを呼んでくださいと言おうとしたのに、ろれつが回らない。こんなに酔ったのは久しぶりだ。

「とにかく出よう。つかまって」

小暮さんに抱きかかえられたのは覚えている。けれど、その後の記憶はぷっつり途絶えた。


「ん？」

目を開けると部屋が真っ暗だ。隣に気配を感じて顔を横に向けると、誰かが横たわっているので目が点になった。

「え……」

小暮、さん？

私、レストランで酔ってどうしたんだっけ？　タクシーで帰宅したんじゃないの？

飛び起きると、ここがホテルの一室だとわかった。枕元のデジタル時計は午前四時を示している。

ふと自分の体を見ると、昨日の服のままで少しホッとした。酔った勢いで小暮さんとそういう関係になったわけではなさそうだ。

とはいえ、どうして隣で寝ているの⁉

「起きた？」

「はい。……キャッ」

あれこれ考えているうちに、小暮さんが勢いよく私の腕を引くので、彼の胸の中に飛び込む形になってしまった。

「まだ早いじゃないか。眠い、寝るぞ」

「ちょっ……」

私とは違いバスローブ姿の彼からは、ほんのりボディソープの香りが漂ってくる。きっとシャワーを浴びたのだ。

寝るぞと言い放った彼は、私を抱き寄せたままスースーと寝息を立て始める。

なんなの、これ……。

眠気なんて一発で醒めた。

起こさないようにそーっと離れようとしたのに、彼の腕は私を引き止める。さらに一層強く抱かれて目を白黒させた。

「小暮さん？」

小声で呼びかけても返事はない。深く眠っているようだ。

とんでもなく恥ずかしいけど、すごく安心する。ここにいれば、絶対に誰にも危害を加えられないと安心できるのだ。

無論、戸締まりをした自宅でも手出しなんてできないのだが、ひとりでは隣人の生活音や風音にすらびくびくする日が続いている。でも小暮さんの腕に抱かれていると、そんなものが一切気にならなくなる。

克洋と同じ男性で、しかも天敵と揶揄《やゆ》されるような関係なのに不思議だ。けれども、小暮さんは克洋から助けてくれた張本人。あの出来事がトラウマになっていると知っている彼が、私が恐怖を抱くような行為をするわけがない。そう思えるからだろうか。仕事上は天敵だけれど、あの事件以降、常に私を気遣ってくれる誠実さに安心しているのもある。

もう少し甘えてもいいかな。

応接室で寝かせてもらったときのように、なにも気にせずぐっすり眠れそうだ。

私は彼のバスローブをギュッと握りながらまぶたを下ろしていった。

それからどれくらい経ったのだろう。内線電話がけたたましく鳴り、飛び起きた。

「もしもし」

寝ぼけ眼《まなこ》で受話器をとると『おはようございます。朝です』という自動音声が流れる。モーニングコールだ。

隣で寝ていたはずの小暮さんの姿はもうない。

「寝すぎた?」

もう九時半。焦ったものの、今日は午後出勤でいいので会社は十分間に合いそうだ。

ベッドから抜け出し遮光カーテンを開けると、まばゆいばかりの光が差し込んでくる。窓からは東京のビル群が見えた。

「ぐっすりだった……」

小暮さんに抱きしめられて体を硬くしたはずなのに、久しぶりに目覚めのいい朝を迎えられた。

それにしても、さすがは御曹司。昨晩は急遽宿泊すると決めたようだったけど、この部屋はとても広くて階層も高い。おそらくそれなりの料金だろう。

スマホを確認すると、小暮さんからメッセージが入っている。

【福本から連絡があったから先に出る。会計は済ませてある。二日酔いは大丈夫か?】

「あー、また寝顔見られちゃった」

今さらだけど、これほど無防備な姿をさらせるのは彼だけだ。

【おはようございます。昨日は失礼しました。二日酔いは大丈夫みたいです】

早速メッセージをしたためて送信したところ、すぐに既読になり返信が来た。

【山田、なんとかしろよ。いらない書類ばかり上げてくる】

昨日の件に触れると思いきやそんな文言で、噴き出した。

【頑張ってください。敏腕部長】

【天敵くん。今日は顔出せないから張り切りすぎるなよ】

天敵くんって……。

外苑前教室二日目。張り切りすぎるなと念を押されても、天敵上司が期待してくれているとわかっているからには成功させたいという意気込み十分だ。

「頑張ろ」

私はチェックアウトして着替えのために一旦帰宅した。


その日の幼児教室も大盛況。

仁美も途中から手伝いに来てくれたが少し顔色が冴えない。

「仁美、調子悪い？」

「夕方に病院の予約が入ってるの。この前の検査が痛かったから、なんとなくブルーで。今日は採血だけなんだけどね」

「そっか……。つらかったら休んでていいから。早めに上がって」

猫の手も借りたい状態ではあるけれど、仁美の体調のほうが大切だ。

「ありがと。気持ちの問題だから気にしないで」

いつもあっけらかんとして明るい彼女をへこませるほどつらい検査だったのか。

気の毒に思うのと同時に、他人事ではないなとも考える。

もしこの先パートナーが現れたとしても、確実に仁美より歳を取ってからの妊活になる。自然に授かれなければ私も同じ道をたどるかもしれないのだ。

仁美には十六時半には上がってもらって、私はそれからも笑顔で子供たちとかかわり続けた。その合間に親御さんからの相談にも乗らなければならず、息つく暇もない。でも、念願の幼児教室の仕事で気持ちが高ぶっているせいか、二十時に教室を閉めるまで駆け抜けた。

「お疲れさまでした」

まだ入会希望の見学者が多数いるイレギュラーな時期なので、対応していた講師たちの顔には疲労の色がにじんでいる。問題点にいくつか気づいてはいたが、その改善は教室が落ち着いてからにしようと考えながら、一人ひとりに挨拶をして帰ってもらった。

最後に教室長と一緒に鍵をかけて別れたあと、駅までの道を小走りで駆け抜けて電車に飛び乗る。また先日のように嫌な思いをしたくなかったからだ。

こんな生活、いつまで続けるの？　いい加減吹っ切ったら？

心の中で自分を戒《いまし》めるも、勝手に体が震えるのだからどうしようもない。

電車は空いていて座れたので、気持ちを切り替えて仁美にメッセージをしたため始めた。

【病院は終わった？　気分が悪かったら、明日の仕事いくつか代わるよ】

彼女にはたくさん助けてもらっているので当然だ。

【さっき、旦那と一緒に帰ってきたよ。元気だから大丈夫。予約の時間に行ったら、仕事のはずの旦那が待ち構えてた。心配だったみたい】

素敵な夫婦だな。

不妊治療は長くかかるケースもあるし、費用もバカにはならないらしい。そのうち夫婦間に意見の相違が生まれてケンカばかりになったりもすると仁美に聞いたのだが、ふたりは大丈夫そうだと思った。

同じ方向を向いてないと無理なんだな。

あたり前かもしれないけれど、夫婦のどちらか一方が赤ちゃんが欲しいというだけでは不妊治療は乗り越えられない。

女性の体に負担がかかる検査や手術もあるし、男性も精液検査のようなあまり他人には知られたくない部分に踏み込まれる恥ずかしさもあるだろう。ましてや、どちらかの体に問題があると判明したとき、それを責めるような事態になったら最悪だ。

子供が欲しいと思うのは簡単だけど、現実は甘くない。

でも……。

「タイムリミット、か」

思わずつぶやいた。

年齢を重ねていくと妊孕性が下がっていくのは事実なのだ。本気で欲しければできるだけ早く行動に移したほうがいい。

といっても、どうしたら……。

結婚が怖いのだから、赤ちゃんもあきらめるしかないのかな。

ひとりで生んで育てるという手段もある。世の中、パートナーとの入籍を選ばずシングルで育てているママもいるのは知っている。

今の仕事があれば、ゆとりがあるとは言えないが子供ひとりなら養えるだろう。けれど、ひとりで生めてもつくるのは無理だ。

現実的じゃないか。

あれこれ思い悩んだものの、問題山積で考えるのをやめた。

金曜日は早朝から出勤した。

外苑前教室の入会料無料キャンペーンが終了して、今後は昨日までほど混雑しないだろう。

仕事を始めたもののふと子供について意識が飛び、スマホであれこれ調べ始めた。

「精子提供……。こんなのあるんだ」

日本産科婦人科学会が提唱しているのは、心身ともに妊娠、分娩、育児に耐え得る状態にある法的に婚姻している夫婦が無精子症などの男性不妊の場合に、提供者の精子を使う人工授精だ。

制度としてはあるが行う機関は減少しているらしく、そもそも結婚していない私は当てはまらない。

そりゃあそうだよね。そんな安易に手を出していい問題じゃない。

「マッチングサイト？」

次に目に飛び込んできたのは、ドナーと提供希望者の橋渡しをするサイトだった。

　ここは不妊に悩む夫婦だけでなく、私のようにシングルでも子供が欲しいと考える人も対象らしいが、相手がどんな人なのか知らずに提供を受けるのはリスクが高すぎる。重篤な病気を抱えている可能性もゼロではないし、遺伝子疾患も然り。もし健康な赤ちゃんを無事に授かれたとしても、その後親権や扶養についてのトラブルが起こるかもしれない。それに、生まれた子が父親を知りたいと希望したときも問題が勃発しそうだ。

　そのほか、SNSを使って個人で精子取引をするケースもあるようだが、まったく知らない人とのやり取りはやはり怖すぎる。

　——ピーッピーッピーッ。

「詰まったか……」

　パソコンから教室の講師に配る書類の印刷指示をプリンターに出したのだが、紙詰まりを起こしたようだ。

　立ち上がり、部屋の片隅に置いてあるプリンターに近づいていく。

　詰まっていたら面倒だなと思ったけれど、単なる用紙切れのようだ。隣の倉庫に新しい用紙を取りに行き戻ると、小暮さんが出勤していて過剰に驚いてしまった。

「おはようございます」

「おはよ」

彼は私のデスクの前で立ち止まり、なにか一点を見つめている。

「あっ！」

もしかして、スマホの画面消えてなかった？

誰もいないからと油断して、電源ボタンを押さなかったような。

用紙を持ったままデスクに戻ると、案の定スリープモードに移行していないスマホの画面が目に飛び込んできた。

「ああっ、これは……」

よりによって、精子提供について調べたページが開いてある。

「ごめん。見出しにちょっとびっくりして……」

つまり、スルーできずに読んだのだろう。私だってほかの人がこんな検索をしていたら気になって仕方ない。

「なんでもないですから。たまたま開いてしまっただけで」

なんて、もっとうまい言い訳はなかったのかと自分でつっこみたくなるような苦しい逃れ方だ。

どう考えてもたまたま開くページじゃない。

「あー、えーっと。外苑前、ほぼ定員に達しました。この調子なら同じ形式の教室をほかにも作ってみてもいいかもと福本さんがおっしゃっていて」

「うん。それは俺も聞いたたし、賛成だ」

なんとか話を逸らせた？

「ありがとうございます。まずは問題点を挙げてひとつずつつぶしていきますね」

思いきり引きつった笑顔でつけ足すと、彼は「よろしく」とひと言残して自分のデスクに向かった。

大失態だ。

とはいえ、あまり動揺を見せるのもまずい。

なんでもなかった顔をして再びプリンターのほうに向かうと、「椎名」と呼ばれて不自然に足が止まった。

「は、はいっ」

「いや、なんでもない」

なにを言われるのかと身構えたが、彼は言葉を濁す。

気になるんですけど！と口から出てきそうだったものの、きっと藪蛇《やぶへび》になる。

私はスルーしてプリンターに紙を補充し始めた。

翌日は土曜でお休み。

久々にアラームもかけずに朝寝坊して、目覚めたのはなんと十一時過ぎだった。眠りが浅くうつらうつらしている時間が長いので、すっきりした寝起きともいかない。

「やっぱりハードワークすぎるのかもね」

あまりに引きこもってばかりで心が死んでしまうのではないかと思い、育て始めたガジュマルに話しかける。

ガジュマルを選んだのは〝幸福を呼ぶ木〟と言われているから。

ただ購入してから、根の力が強くほかの木々に巻きついて枯らしてしまうケースもあることから〝絞め殺しの木〟と揶揄されているとも知り、なんとも複雑だったのは内緒だ。

「私は絞め殺さないでよ。なんか食べようかな」

うーんと伸びをしてキッチンに行き、冷蔵庫の扉を開いたものの、牛乳と卵くらいしかない。ダッシュでの帰宅ばかりで、スーパーにも行かないからだ。

絞め殺される前に干からびそうね。

仕方なくコーヒーを淹れながら、そんなくだらないことを考えていた。

「ん？」

テーブルの上に置きっぱなしになっていたスマホに電話が着信しているようだ。確認すると、小暮さんから三十分ほど前に電話が入っていた。

「トラブル?」

外苑前教室かしら。でも、それなら教室長から直接連絡が入りそうだけど。

首を傾げながらかけ直すと、彼はすぐに出てくれた。

「おはようございます。すみません、気づくのが遅れました」

『おはようってことは寝てたな』

「あ……バレました?」

そんなところで洞察力を発揮しないでほしい。

『いいんじゃないか。椎名は働きすぎだし。今日の予定は?』

「えっ、仕事入ってましたっけ?」

なにか手伝いを頼まれていたのかもしれないと血の気が引く。

『ほんと、ワーカホリックだな。仕事はない。家にこもってるならちょっと出ないか?』

「どこに?」

スーパーには行きたいけれど、そういう意味ではないだろうし。

『四時くらいに迎えに行くから準備しておいて』

「えっ、ですからどこに？」

聞き返したのに切られてしまった。

「なんなの……」

随分強引じゃない？

スマホを呆然《ぼうぜん》と見つめてつぶやく。

けれども、小暮さんと一緒なら外に出られる。

「誘われちゃった。ちゃんと幸福呼んでよ」

どこに行くのか教えてくれないので、なんとなく嫌な予感がしなくもない。仕事じゃなくても、仕事についてのダメ出しだったりして。

私はあれこれ考えながら、ガジュマルに話しかけた。


仕事ではないらしいのでどんな服装をしたらいいのかわからず、無難にノースリーブの水色のシャツと濃紺のクロップドパンツに着替える。

部屋で待っていると、約束の十分前に電話が入って、マンションの玄関に向かった。

「こんにちは」

「乗って」

正面に横付けされた彼の車に近づいていくと、開いた窓から促されて従う。

彼は白い長袖シャツの袖をまくり、ジーンズを合わせていた。私服姿は初めて見たけれど、そもそもスタイル抜群なのでなにを着ても似合う。

「どちらに？　こんな服装で大丈夫でしたか？」

「今日、花火大会があるって知ってる？」

「花火？」

「そう。椎名、ずっと引きこもってるからたまにはどうかと思って」

それで誘ってくれたの？

「うれしい……」

「それはよかった。行かないと言われるかと思って黙っておいたんだ」

それで電話を切ったんだ。

「まだ早くないですか？」

「うん、浴衣着ないか？」

「浴衣？」

着たいかも。

「何事も形から入るの、大事だろ」

彼はハンドルを巧みに操りながらクスクス笑っている。

「中身がない形だけの書類だと盛大なため息をつく鬼上司の言葉とは思えません」

「プライベートはいいんだよ。行くぞ」

なんだか私より彼のほうが楽しそうだ。

せっかく気を回してもらえたのだから、今日は目いっぱい楽しもう。

てっきりレンタルショップにでも行くのかと思いきや、『東郷《とうごう》百貨店』の呉服売り場で浴衣を購入するという。来年も再来年も着ればいいというのが彼の言い分だけど、また花火に行くとは限らないのに。

けれども、目を輝かせて私の浴衣を選び始めた小暮さんに、いりませんとは言えなかった。

完全にお任せすると、小暮さんが選んだのはレトロモダンという言葉がしっくりくるような、黒の縦縞《たてじま》に深紅の椿《つばき》が描かれたおしゃれな浴衣だった。

私もひと目で気に入ったものの、似合うかどうかは別。少し華やかすぎるのではないかと躊躇したが、小暮さんが「絶対にこれだ」と譲らないので着つけてもらって出ていった。すると彼まで絣《かすり》模様の入った濃紺の浴衣に着替えていたので目を瞠る。

この人は、なんでも着こなすんだな……。

モデルと見間違うほど完璧にきめた彼は、私を見て頬を緩めた。

「思った通りだ。主張が強い感じが椎名にピッタリ」

「それ、どういう意味ですか？」

なんて聞きながら、その通りかもしれないと噴き出しそうになる。

「もちろんいい意味だ。さて、急ごう」

本当にいい意味？

そろそろ十七時半になろうとしている。会場の近くまでは車で行けるが、そこからは徒歩か送迎バスなのだそう。

浴衣姿でアクセルを踏んだ彼は、いつもの三割増しで魅力的。いや、スーツ姿でも女性社員の目をくぎづけにしているのだから、こんな格好で前に立たれたら卒倒する人が現れそうだ。

なにせ天敵のはずの私ですら、さっきから妙に照れくさくてたまらないのだ。

赤信号でブレーキを踏んだ小暮さんは、コンソールボックスからなにやら封筒を取り出して私に差し出してきた。

「なんですか、これ」

「実は、あの男に関して少し動いていたんだが」

「えっ？」

あの男って、まさか克洋？　動いていたってなに？

「『ダイオー電機』営業部所属。得意先の評判は良好だが、社内では後輩に対する態度が横柄で女子社員を泣かせた事件があり、人事から警告を食らっている」

「警告……」

「そう。次やったらこれ」

彼は自分の首を切る仕草をして、青に変わった信号を見て再び車を走らせた。

「で、懲りずに次もやったわけだ。しかも暴力行為つきだ。社内ではなかったが」

私のこと？

「私は彼の会社には関係ないので」

「まあそうだけど、いずれ別の大きな事件を起こす可能性を孕《はら》んでいるのに、何度も同じ問題を繰り返す社員を置いておきたいと思うか？」

「それは……」

たしかに、私だけでなくほかの女性にも恐怖心を与えていたのだとしたら大問題だ。

「例えば逮捕者が出て、会社が余計な風評被害に遭わないとも言いきれない」

「逮捕？」

　不穏な言葉が出て目を見開いた。

「椎名を殴ったのは立派な暴行罪だ。友人に八木沢《やぎさわ》という弁護士がいてね。あれから八木沢とずっと相談していた。大きなけがもなかったし、付き合っていたという事実があると痴話《ちわ》げんかで終わるケースが多いが、今の椎名はおそらくＰＴＳＤを発症している。医師の診断を受けて訴訟を起こそうと思えばできる」

　そっか。私、ＰＴＳＤなんだ。

「もういいです。会いたくない」

「うん。八木沢もそう話してた。慰謝料を請求してもそれほど取れるわけじゃない。それより裁判に伴う椎名の苦痛が心配だと」

「はい。でも、ありがとうございます」

　そこまでしてくれているとは知らなかった。

「ただ、このままでは椎名の不安が拭えない。だから、それ」

　渡されたまま握っていた封筒から一枚の書類を取り出す。

「え……」

　するとそこには、二度と私に接触しませんという誓いと克洋の署名がある。

「八木沢に同席してもらってようやく署名させた。万が一約束を破った場合、会社にも一報を入れるし今度こそ訴訟を起こすとも伝えてある」

まさか、小暮さんがこんな行動を起こしてくれていたなんて。

「本当はこれでは腹の虫が治まらない。解雇まで持っていくつもりだったが、八木沢が、なにもかも失った人間は怖い。椎名を逆恨みして行動を起こさないとも言えない。それなら訴訟をちらつかせて抑制しておいたほうがいいと言うんだ。悔しいけどその通りかもしれないと思って」

唇を噛みしめる小暮さんが本当に悔しそうな顔をする。これほど心配されるのは幸せだなとしみじみ思う。

「あのっ……」

「すみませんはいらないぞ。しいて言えば、ありがとうだ」

「ありがとうございます」

感激で視界が曇ってくる。

「コーヒーの味がわかるようにするって約束したからな」

「はい」

その場しのぎの励ましじゃなかったんだ。

「だから今日は思いきり楽しめ。俺、たこ焼きが食べたいんだよね。露店のやつって、妙にうまいだろ？」

「あはは。お祭りマジックですよね。それじゃあ私は、かき氷」

「了解」

私がおどけて言うと、彼の手が伸びてきて頭をポンと優しく叩いた。私はそれがうれしくて、涙がこぼれそうになった。


花火大会の会場は熱気に包まれていた。

もう克洋を恐れなくてもいいとわかった私は、晴れやかな気持ちで人ごみの中を進む。けれども背の高い小暮さんとは違いすぐに埋もれて、人の流れに引きずられそうになる。

「椎名、こっち」

それに気づいた彼は不意に私の手を握った。

「迷子になったら捜せないぞ。手、離すな」

「はい」

小暮さんとこんなふうに手をつなぐなんて。まるでデートをしているカップルみたいだ。

照れくさいけれど、彼の言う通りこのままではあっという間に迷子になる。思いきって握り返すと彼は一瞬驚いた顔をしたが、すぐに口角を上げた。

「かき氷発見」

彼の楽しそうな弾んだ声。

こんな子供っぽい一面もあるんだ。

私をコテンパンに論破するときの姿とはまるで違い、表情が柔らかい。

「何味にする?」

「イチゴ練乳」

「即答だな」

白い歯を見せる彼は、すぐに注文して、受け取ったかき氷を私に手渡す。財布を出そうとしたのに「いいから」と止められた。

「小暮さんは?」

「ひとつはヘビーだな」

「よかったら、ちょっと食べます?」

なんて言ってから後悔した。これでは本当に恋人の戯《たわむ》れだ。

「おう、いただく」

気にする様子もなく小暮さんはスプーン形になっているストローでかき氷をすくって口に運んだ……のに、なぜかそれを私のほうに向ける。

「俺が先に食べるのもなんだな。ほら」

あまりに自然に振られて思わず口を開けてしまったけれど、冷たい氷が舌の上にのった瞬間、恥ずかしさに顔が赤らむのを感じた。

「どう?」

「おいしい、です」

あのときのコーヒーと同じ。本当は味なんてよくわからない。でも今日はつらくてではなく、照れくさくてだ。

「それじゃ」

彼は同じストローで、今度は自分の口に入れる。

「暑いからちょうどいい。でもやっぱりたこ焼き派だな、俺は」

ドキドキしている私とは対照的に、彼はなんでもない顔をして私にストローを返す。

「たこ焼きも買ってくる。ここで待ってて」

かき氷を持ったままこの人ごみを歩くのが大変だからか、彼は大きな樹の下に私を残してたこ焼きを買いに向かった。

「おひとりですか？」

たこ焼き屋は混雑しているようで、なかなか戻ってこない。溶けてしまいそうなかき氷を時々口に運びながら待っていると、男性ふたりに話しかけられた。

ゆるくパーマのかかったほんのりブラウンの髪の男と、カラーコンタクトを入れていると思われる背の高い男。ふたりとも浴衣を着ているが、小暮さんとは雰囲気がまるで違う。ひと言でいえば、チャラい。

「いえ」

「連れはどこ？」

「たこ焼きを買いに」

これは俗に言うナンパというものだとすぐに気づいて、顔が引きつる。

「連れは男？　女？」

「男です。失礼しますね」

知らない男性と話すのにはまだ抵抗がある。話していたくなくてその場を立ち去ろうとしたのに、「待って」と腕を引かれてかき氷を落としてしまった。

ダメだ。克洋に腕をつかまれたときの光景がフラッシュバックしてきて、体が震える。

「俺の女になんの用だ」

唇を噛みしめて固まっていると、怒気を含んだ声が聞こえて私の前に大きな背中が立ちふさがった。小暮さんだ。

「な、なんでもないです」

途端に意気消沈したふたりは、そそくさと退散していく。

「椎名、平気か？」

「ごめんなさい。かき氷……」

せっかく買ってもらったのに。

「そんなの気にしなくていい。怖かったよな。ごめん。ひとりにすべきじゃなかった」

どうして小暮さんが謝るの？

「いえ……」

「人の少ないところに移ろう。手を握ってもいいか？」

「はい」

さっきは確認せずに握ったくせして、今度は私の意思を確かめる。きっと克洋の暴力を思い出したとわかっているからだろう。

小暮さんは私の手をしっかり握って歩きだし、人がまばらな高台に連れていってくれた。

「ちょっと見えない花火もあるかもしれないけど……」

彼がそう言った瞬間、夜空に大輪の花が咲いた。花火が始まったのだ。

「あっ、上がった」

「うん。こんなに近くで見たのは初めてだ。すごく大きいな」

空から降ってきそうで思わず空に手を伸ばす。

「やけどするぞ」

「あはは。しませんよ」

さっき怖い思いをしたのに、笑えてる。小暮さんの力は絶大だ。

ひとつ上がったあとは途切れなく次々と夜空に打ち上げられて、くぎづけになった。

「すごい。きれい……」

しばらくなにかを楽しむという行為をしていなかったせいか、胸がいっぱいになる。

「おいで」

首が痛くなりそうなほど〝く〟の字に曲げてしばらく見ていると、小暮さんに声をかけられて近くの石垣に移動して腰を下ろした。

「嫌な思いをさせたね。連れてきてごめん」

「いえっ、誘ってもらえてよかったです。いろいろあって心が凍ってしまった気がしてたので、ちゃんときれいなものに感動できるんだなと確認できて」

あの一件以来、怖い、つらいという感情が先行してばかりだった。

「当然だ。幼児教室のチビたちをかわいいと思えてただろ」

「そういえば……」

彼の言う通りだ。

「大丈夫。椎名はまた次に進める」

「ありがとうございます。小暮さんのおかげです」

あの日一緒にいたのが彼でなければ、こんなふうに穏やかに空を見上げられなかったかもしれない。

克洋と直談判までして私を守ってくれるとは思わなかった。天敵だったはずの人に助けられるとは。

「大事な部下が悩んでいるのに放っておけなかっただけだ」

〝部下が〟と言及されてなぜか胸がチクリと痛む。彼は当然の話をしただけなのにどうしてだろう。

「なあ、椎名。考え直さないか？」

「考え直す？」

一体なにを？

彼が不思議なことを口にするので首をひねる。

「その……精子提供ってやつ」

「あ……」

言いにくそうに伝えてくる彼は、私から視線を逸らして次々と上がる花火を見上げる。

「気になっていろいろ調べたんだが、危険だ」

「調べたんですか⁉」

大きな声が出てしまい慌てて口を手で押さえたけれど、花火の上がる音が大きくて、少し離れたところにいる人たちには届いていないようだ。

「そりゃあ、あんなサイト見てたら気になるだろ。でも絶対にダメだ。相手がどんな男かわからないんだぞ。嘘をつかれるかもしれないし、また危険な目に遭うかもしれない」

再び私と視線を合わせた小暮さんは必死に訴えてくる。

「わ、わかってます。私も調べただけで、本気でお願いするつもりはありません。でも……その気になればいつでも妊娠できると思ってたのにそうじゃないと知って、焦ったんです」

心配をかけたのが申し訳なく、本音を伝えた。彼は神妙な面持ちで小さくうなずいている。

「そう、か。子供欲しい？」

「そりゃあ欲しいです。少し前まではあたり前のように結婚出産というステップを踏んで生きていくんだと信じてましたし、夢見てました。でも、結婚が……」

今度は小さな花が一気にたくさん開いた。少し違う種類の花火のようだ。

「あんな事件があったら結婚も怖くなるな」

小暮さんが気持ちを理解してくれてありがたかった。実際に手を上げられたのはあの日だけだが、私を支配したがる克洋に大きな声を出されるのはしばしばで、心理的に追いつめられていたからだ。

「はい。結婚はあきらめたとしても、やっぱり子供は欲しいなと思ったんです。しかも、妊娠ってそんなに簡単じゃないんだと知って急がなくちゃって」

結婚できないなら精子提供を受けてと考えたのは短絡的ではあったけど、それくらい子供は欲しい。

「子供を授かるのってあたり前じゃないんだな」

「女性は年齢とともに妊娠できる確率が低くなっていくようなんです。しかも、もうピークを越えていると知ってびっくりしたというか」

「椎名の歳で越えているのか？」

彼は目を丸くする。私が知ったときと同じ反応だ。

「残念ながら。もちろん、何歳になっても妊娠の可能性がないわけじゃありません。でも、年齢を重ねてからの妊娠は流産も増えるし、常位胎盤早期剥離《じょういたいばんそうきはくり》などの頻度が上がるそうです。遺伝子の異常も起きやすくなるとか」

「そうか……。高齢出産にリスクがあるのはなんとなく知ってたけど、想像以上に大変そうだ」

私もそういう印象だ。もちろん、全員がそうなるわけではないけれどリスクを避けたいと思うのは当然だろう。

「はい。その高齢出産が、三十五歳以上の初産婦を指すと知って――」

「え！」

驚愕する小暮さんは、しばらく言葉を発しない。彼はたしか三十五歳。女性がその歳で初めての出産を迎えると、もう高齢出産と呼ばれるのだ。

「勉強不足だった」

「いや、そんな勉強しなくてもいいんですけど」

生む立場である女性の私だって詳しくは知らなかったのだから、男性ならなおさらだろう。

「大事なことだ。妊娠出産で苦労するのは女性ばかり。男ももっと真剣に考えるべきだ」

小暮さんはきっといい旦那さまになる。そんな気がする。

「もう、結婚も赤ちゃんもあきらめたほうがいいのかな」

弱音がこぼれたのは、彼が真剣に話を聞いてくれるからだ。

「椎名」

彼は突然声のトーンを落として私を呼ぶ。そしてなぜか強い視線を送ってくるので、緊張が走る。

「はい」

「俺ではダメか？」

「なにがでしょう」

「俺では椎名の子の父親にはなれないか？」

一瞬なにを言っているのか理解できず、まじまじと彼の顔を見つめる。

「……ええっ！」

「俺も子供が好きなんだ。いつか自分の子をと望んでいる。でも、結婚となると難しくて」

「なに言ってるんですか？　ご自分がどれだけ女子社員の目をくぎづけにしてるか自覚ないんですか？」

鼻息が荒くなる。

その気になればいくらでも相手がいる人と私を比べてほしくない。

「それは、キッズステップの跡取りだからだろ？」

「それだけじゃないですよ。顔よし、スタイルよし、性格は鬼……。あれ……」

私が話していると彼は噴き出した。

「鬼、は私限定でしょうし」

しかも、プライベートでは違う。こんなに部下を思いやって、口だけでなく実際に動いて守ってくれるような行動力と優しさがある。

「でも、キッズステップの跡取りという部分はきっと大切だろ？　それを裏切る可能性があるなら安易に結婚なんて考えられない」

「裏切るってどういう意味ですか？　まさか、辞めるおつもりで？」

跡を継がないなんてありえないでしょう？　親の七光りだけで生きているようなポンコツの息子だったら継げなくても〝そうだよね〟と思うだろうけど、有能な彼は誰から見ても次期社長に適任なのに。

「ま、仮定の話だけど」

小声でつけ足す彼の目が泳ぐ。ほかに就きたい職業があるとか、なにかわけでもあるのだろうか。

「椎名は社長になる男の遺伝子しかいらない？」

「まさか。無事に生まれてきてくれるのを祈るだけです」

「それなら、俺とのこと考えないか？　俺たちふたりとも子供が欲しいと強く望んでる。思惑は一致してると思うんだけど」

まさかこんな展開になるとは予想すらできなくて、答えが見つからない。

「ちょっと落ち着いてください。違うか、落ち着くのは私か」

「とりあえず腹ごしらえしよう。せっかくの花火も見ないと」

彼は買ってきたたこ焼きを私に差し出す。食べている場合ではないけれど、ひと呼吸おきたくて、ひとつもらって口に放り込む。

彼も同じように食べ始めたものの、沈黙が余計な緊張を煽ってくる。花火どころではなくなった。

ごくんと飲み込むと、ちょうどいいタイミングでペットボトルのお茶を差し出されて受け取った。

落ち着け、私。頭をフル回転させなさい。

自分に命令するも、予想の斜め上からの提案に落ち着けるわけがない。

「あの……結婚はせずに子供をつくるという意味ですか?」

「椎名は結婚を考えてないんだよな」

「……はい」

考えていないというか、ただただ怖い。

「椎名が嫌なら結婚は強制しないし、俺を好きになる必要もない。でも、俺にも父親として子供にかかわらせてほしい。養育費も困らないだけ払う。不安ならきちんと最初に契約しよう」

「契約?」

「そのほうが信じられるだろう?」

たしかに、愛や恋なんていう目に見えないものより契約という形のほうがずっといい。

けれども、新しい命のために契約を結ぶなんて、なんとなく気が引ける。

ただ、彼の真摯《しんし》な表情から本気なのは伝わってきた。

「小暮さんは、今すぐにでも普通に結婚して赤ちゃんを授かれる可能性大じゃないですか」

彼は私とそんないびつな契約をしなくても、まっとうに恋愛をして結婚し、赤ちゃんを授かるという道が十分に開けていると思う。

三十五歳で焦っているのかな。でも、今まで相手がいなかったというわけではないだろうから、結婚する気がなかっただけだろう。

もしかしたら、私のスマホを見たのをきっかけに、男性側が原因の不妊もあると知ったのかも。男性も女性と同じように、年齢とともに妊娠させる能力が下り坂になっていくようだから。

「言ったじゃないか。キッズステップを継ぐという期待を抱いている女性とは結婚できない。それは関係ないと口では言う女も、結局はそこを重要視している。俺が継がないと決めたら困るんだ、きっと」

「うーん」

なにか嫌な思いをしたのかな。

心から小暮さんというひとりの男性を求めているのではなく、キッズステップの将来の社長と結婚したいだけだとしたら、幻滅するのもわからないではない。

しかし先ほどから会社を継がないという気持ちが前面に出ているようで引っかかる。

「ほかにやりたい仕事があるんですか？」

「……そういうわけでは」

途端に彼の声が小さくなった。

そういえば以前、『幸せというものがよくわからなくて』と話していたが、それと関係がある？

なにかわけありのような気がするけれど、これ以上私が踏み込むべきではないのかもしれない。

「椎名が子供を望んでいると知って、俺も共感した。一生独身でいるつもりだったけど、俺も自分の子は欲しいんだなと」

私のスマホを見たのをきっかけに、自分の気持ちに気がついたのだろうか。

私も我が子を抱く紬の幸せそうな顔を見たり、仁美が不妊で悩む姿を知ったりしなければ、パートナーはいなくてもいいから赤ちゃんが欲しいなんていう気持ちを抱かなかったかもしれない。

「どこの誰かわからない男と取引をして子を生むくらいなら、考えてくれないか？　もちろん、椎名を大切にするし子供も全力で愛する。暴力は絶対に振るわない」

どうしてそこまで必死に子供を欲しがるのだろう。って、特定のパートナーなしで出産を考える私も必死か。

「えっと……」

あまりに予想外の言葉に混乱して、なにを考えたらいいのかすらわからない。

「ごめん。びっくりだよな。とにかく、危険な精子提供は断念してほしい。今日はそれだけうなずいてくれたら花火を楽しもう。そのために来たんだし」

「わかりました。個人取引は絶対にしません。約束します」

もともとリスクが高すぎると思っていたので、すぐに承諾した。

いくら赤ちゃんが欲しくても、危険を冒して相手にコンタクトをとるのはやっぱり怖い。生まれたあとにトラブルになる例もあるようだし、安易に手を出していいものではないと感じている。

でも、小暮さんとの話は？

彼なら身元もしっかりしている。それどころか、私にはもったいないような人だ。最初にきちんと話し合いをしておけば大丈夫？　ううん。出産は生まれてきた子への責任が重くのしかかる。欲しいという気持ちだけで簡単に決めるべきじゃない。

「椎名」

「はい」

つまようじに挿したたこ焼きを口の前に出された。

「俺のせいだけど、顔が怖いぞ。今は全部忘れて楽しんで」

そうだよね。せっかく浴衣まで買ってもらったのだから。

「いただきます」

たこ焼きを受け取ろうと手を出したのに、首を横に振られる。

「落ちるから早く口開けて！」

えっ、口？

急かされて言う通りにしたけれど、かき氷に続いて恋人の戯れらしき行為に目が泳ぐ。

「俺、椎名がうまそうに食べてる姿、好きなんだよ」

「ゴホッ」

好きなんていう言葉が飛び出してむせると、驚いた様子の彼はお茶を差し出して背中をさする。

「飲み込んだのか？」

大丈夫と言いたいのに口の中がいっぱいで代わりに手を振った。

「よかった。夢を叶える前に椎名が逝《い》くなよ。赤ちゃんが欲しい気持ちは俺も痛いほどわかるけど、椎名が元気でいることのほうが大切だ」

私はもぐもぐ咀嚼《そしゃく》しながら大きくうなずく。

私が元気じゃないと、か。

克洋の件は彼が解決してくれたのだから、もう前だけを向いて最善の道を探ろう。

自分もたこ焼きを口に放り込んだ小暮さんは「やっぱりうまい。祭りマジックだな」と笑いながら空を見上げる。

「今日来られてよかったです」

「そう？」

「はい。お祭りマジックで私もいい女に見えるでしょ？」

浴衣姿の小暮さんは、妙な色香を漂わせていてスーツ姿よりずっと輝いている。それなら私も少しはと思ったのだけど、甘いかしら。

「もちろん」

彼は私をじっと見つめて真剣な顔をする。その熱い視線に鼓動が速まっていく。

「椎名はいい女だよ。もう過去のことにびくびくしていないで、うまいものを食べて笑ってろ」

「食い気ばかりですね、私」

「違うのか？」

「違いませんけど」

コンビニに寄るだけの生活はもうやめよう。スーパーに行って食材を吟味《ぎんみ》して、好きな料理を作ろう。

できなくなっていた日常を取り戻すことから始めなければ。

私は口をとがらせて怒ったふりをしながら、もう一度花火に視線を移した。


そのあとは他愛もない会話で笑い転げ、もう少しなにか食べたいと屋台に向かい、ベビーカステラや焼きそばを購入してモリモリ食べた。もちろん鮮やかな花火を見上げて楽しいひとときを過ごした。

そして花火の最後。連続していくつも打ち上げられるスターマインが始まった。

「うわー」

「すごい迫力だ」

私が身を乗り出すと、小暮さんも同じように興奮している。

外出が怖かった私が、こうして心を弾ませていられるのは彼のおかげだ。

夜空を彩る美しい花に夢中になっていると、ふと視線を感じて顔を横に向けた。小暮さんが私を見つめていたのだ。

「どうかしました？」

「あの花火より、椎名の笑顔が輝いてるなと思って。あれ以来、ずっと引きつってたから」

引きつってたのかな。会社では普通にしているつもりだったのに。

「椎名はそうやって笑ってろ。それで俺に叩きのめされるんだ」

「お断りです！」

どさくさに紛れてなに言ってるの？

けれど、おかしくて噴き出した。

私、やっぱり自然に笑えてる。

その日は花火をたっぷり楽しみ、満たされた気持ちで帰宅した。

月曜の出勤は十時半。仁美が不思議そうに私を見ている。

「真優、珍しくごゆっくりじゃない？」

「うん。外苑前教室に今日も顔を出すから」

「それはわかってるけど、いつも朝からいたでしょ？」

克洋の件を解決してもらえたおかげで家でも落ち着いていられるようになったので、早朝出勤はやめたのだ。

「キッズステップはブラックだと噂が立ったら申し訳ないなと思って」

なんて適当な発言をすると、「その通りだ」と声が聞こえたので振り向いた。小暮さんだ。

「頼むから過労死とかするなよ。俺、働けとは命令してないからな」

「しませんよ。将来のために、もっと自分を労わろうと思います」

私が漏らすと、彼は一瞬驚いたような表情を見せたが、すぐに頬を緩めた。

「そうしてくれ。でも企画書は簡単には通さないから」

「やっぱりブラックかも……」

私たちの会話を仁美が笑っている。

「そういえば、外苑前の問題点のレポート読んだぞ。福本にフィードバックしようと思ったんだが……今日は振休だったか」

「そうですね」

「それじゃあ、会議室。直接話す」

早速天敵の呼び出しだ。私は彼に続いて部屋を出た。

パソコンを持ち込んだ小暮さんは会議室ですぐに立ち上げ、私を隣に促す。

「まずは講師の件だが、質は落としたくない。特に幼い子は、なにかあっても口で訴えられない。だから――」

彼は次々と自分の意見を述べていく。こうしてどんな事例に関しても意見があるのは、常に様々な教室に関して深く考えている証拠だ。

「なるほど、教室長と話してみます」

「うん」

しばらく夢中になって話を聞いていると、いつの間にか顔を突き合わせてパソコンの画面を覗き込んでいたのに気づいて慌てて離れる。

あんな告白をされたあとなので、過剰に気にしてしまうのだ。

「それでは、今のご意見を早速まとめます。ありがとうございました」

お礼をして立ち上がると、腕を引かれてまた座らされた。

「まだなにか?」

「うん」

なんとなく歯切れの悪い返事のあと、彼はジャケットの内ポケットから書類を取り出す。

「春の結果だ」

「は?」

結果って受験の実績かなにかだと思ったら、春にあった健康診断の結果が記された用紙だった。

どうしてこんなの見せるの?

「子づくりを考えるなら、健康かどうかも大切な要素だろ」

「あ……」

「一応、どれも正常値だ」

「血圧高いじゃないですか」

私は赤字になっていた血圧を指さす。一四二と記されているが、一三〇から高血圧だったような。

「それは……白衣高血圧というやつで」

バツの悪そうな顔をして告白した彼は、視線を逸らす。

「看護師さんを見ると興奮しちゃうんで――」

「違う！　苦手なんだよ、病院。昔から予防接種は涙目だったんだ」

そっちのドキドキなのか。

でも意外だな。なにごとにも動じなそうな彼が、白衣を見るだけで緊張するなんて。

「けど、ほかにも検査が必要なら行くから。椎名が安心できるなら血圧上げてでも」

彼は私が思っている以上に本気なんだ。

「小暮さんも、赤ちゃん欲しいんですね」

「あぁ。自分の遺伝子を残したいという気持ちはずっとあったが、椎名と一緒でどこかであきらめてた。でも、授かれるチャンスがあるならすがりたい。椎名より俺のほうがタイムリミットが迫っていそうだし」

自分の赤ちゃんを腕に抱きたいという強い願望を持っているのは、私だけじゃないんだ。

私たちは似た者同士なのかもしれない。

恋愛には積極的になれないけれど、赤ちゃんは欲しい。いつか恋ができるようになるまで待っていては妊娠率が下がってしまうという焦りがある。

彼との話を真剣に考えよう。

花火見物のときに提案されてからふとした瞬間に考えることはあった。でも、どこかで現実的ではないとも思ったし、小暮さんは精子提供まで考える私を不憫《ふびん》に思っただけではないかとも感じた。

けれど、きっと違う。彼も本気で自分の子を望んでいる。

「ちゃんとお話がしたいです」

「うん、そうしよう。大切なことだから時間をかけたい。土曜に時間作れるか？」

「予定はありませんので大丈夫です」

私は自分の健康診断の用紙をどこにしまったんだろうと考えながら返事をした。

天敵からのプロポーズ

土曜は晴れ渡り、とても気持ちのいい朝だった。しかし昨晩生理が来てしまい、おまけに生理痛が重くてベッドから出られない。ひたすらうずくまってうなっていた。最近痛みがひどくなっているような気がする。

夜中に鎮痛剤の最後の一錠を飲み切ったため、もうストックがない。かといって買いに行けるような状態でもなく、膝を抱えるようにして体を小さくし痛みに耐える。

赤ちゃんを授かるために必要な現象だとわかっていても、毎月やってくるこの苦痛はなくなってほしい。内臓を潰さんばかりに握られているようななんとも言えない嫌な痛みは、いつ終わるのかわからなくて気分がどんどん落ちていく。

「連絡しなくちゃ」

この調子では小暮さんとの約束は無理だ。

枕元に置いておいたスマホを手にして彼に電話を入れる。

『もしもし。おはよ』

四コールほどで出てくれた彼は、仕事のときより声が優しいような。

「おはようございます。小暮さん。申し訳ないのですが、今日の約束キャンセルさせてください」

『いいけど、どうした？　元気がないけど』

うずくまったまま話しているからかバレたようだ。

「体調がちょっと」

『体調が悪いのか？　すぐ行く』

「え……？　大丈夫ですから」

まさか行くと言われるとは思っておらず、目を見開いた。

『ひとりなんだろ？　熱でも出たか？』

「あー、そうではなくて」

『それじゃあ、腹痛とか？』

生理痛なんて言いにくい。

「まあ、そんな感じで……」

『つらいな。病院は？　休日も診てくれるところ……』

「ああっ、それほどひどくありませんから」

話が大きくなって焦る。

『そうか。必要なものがあれば買っていくぞ。食べるものはある？』

もう来るのは決定なんだ。

「すごい顔してますから、本当に大丈夫です」

『椎名は他人を頼るのが下手すぎる。なんでもなければすぐに帰るから、そのすごい顔を見せてくれ。心配なんだ』

見せたくないわよ！と心の中で反発しつつ、彼の優しさに涙がにじむ。

「すみません。生理痛、なんです。病気じゃないですから平気です」

あまりに心配するので白状した。するとしばし沈黙が続く。

引いた？

『そうだったのか。言いにくいことをごめん。でも、やっぱり行く』

「そ、それじゃあ、鎮痛剤を買ってきてくださいませんか？」

結局頼ってしまった。こんな苦しみを何時間も耐えるのは無理だ。

『お安い御用。ちゃんと寝てるんだぞ』

「はい」


チャイムが鳴ったのはそれから四十分後。

せめてお化粧くらいはしておこうと思ったのに、痛みが増してきてできなかった。

冷や汗をかきながら対応してオートロックを開錠したあと、部屋の玄関も開けに行く。なんとかできたがその場に座り込んでしまった。今月は相当ひどい。

小暮さんが上がってきてもう一度チャイムが鳴る。ドアノブを下ろしたもののドアを押す気力がない。

「椎名？　開けるぞ？」

すると彼の声がしてドアが開いた。

「椎名！」

座り込む私に気づいた彼は、目をひんむいて私を抱き上げる。

「す、すみません。部屋着のままで」

「そんなのどうでもいい。入るぞ」

眉根を寄せる小暮さんはスタスタと中に入り、ベッドに私を下ろす。

「顔が真っ青だ。こんなにひどいなんて。鎮痛剤飲む？」

「はい」

彼は心配げに私の顔を覗き込むが、またダメなところを見られたと私はへこんでいた。

水を注がれたコップを受け取り、鎮痛剤をのどに送る。これで少し治まるはずだけど、もちろんすぐに効くわけではないのでやっぱり起き上がれない。

「あとは、どうしたらいい？」

「もう温めるくらいで……。私、冷え性で」

ストレッチがいいとなにかで読んだけど、ここまでひどいと動けない。

「こんな時季にカイロはないな」

「はい。でも、お薬を飲んだのでそのうち和らいでくるはずです。ご心配をおかけしました。もうひとりで平気です」

パシリのようにしてしまったけれど、これ以上いてもらっても同じ。

彼の大切な休日を奪うのが申し訳なくて帰ってもらおうと遠回しに伝えると、彼は私の顔をじっと見つめた。

「こんなに弱った椎名を置いて帰れると思う？　ちょっとごめん」

「えっ……？」

いきなり小暮さんが布団の上から私のお腹をさすりだしたので目が点になる。

「昔、母さんが腹痛の俺をこうやってなだめてくれた。痛くて泣き叫んでたのに、手をかざされた途端に楽になって」

それで同じ行為をしようと？

「……って、ごめん。セクハラだな、これ」

「大丈夫です」

ちょっとびっくりしたけれど、そんなつもりがないのはわかっている。純粋によかれと思ってしてくれたのだと。

しかも、ゆっくりさすってくれる彼の手が心地いい。本当に母に労わられているような気さえする。

「お母さま、優しいんですね」

「うん。最高の母だった」

〝だった〟って、どうして過去形？

「……俺が三歳の頃に亡くなってしまったんだが」

衝撃的な言葉が耳に届いて、呼吸をするのも忘れそうになる。

「亡くなったんですか？」

「そう、事故で」

「そんなに早く……。お母さまも小暮さんの成長した姿を見たかったですよね、きっと」

お母さまの無念を思うと視界がにじんでくる。

「俺が自分の子が欲しいのは、早くに亡くなってしまった母さんの遺伝子をこの世に残したいという気持ちがあるからかもしれない」

彼が必死なのは、こんな理由があったからか。

「もちろん、子供好きなのもあるんだけどね。それより、眠れるなら眠って。ここにいるから」

克洋のことを考えるだけで体が震えるほど怖いのに、決定的な男性嫌いにならなかったのは小暮さんのおかげかも。すべての男性が恐怖の対象ではないと彼が教えてくれた。

「俺、邪魔だったら言って」

「邪魔じゃないです」

なんだか少し痛みが治まってきたような。ひとりで苦しまなくてもいいんだと思ったら気持ちが楽になった。

「どうせ寝てないんだろ。目を閉じて」

「はい」

一晩中痛みに苦しんでいて寝不足の私は、まぶたを下ろすとすぐに眠りに落ちた。

ふと目を覚ますと、もうお昼。

小暮さんがベッドの端に突っ伏したまま目を閉じている。どうやら一緒に眠ってしまったようだ。

痛みはほとんど消失していてホッとした。

経血が漏れていないか気になりベッドを抜け出すと、彼が目を覚ました。

「起こしてすみません」

「いや、どう?」

「すごく楽になりました。ちょっとお手洗いに」

慌ててトイレに駆け込んだが、漏れていなくてひと安心。

赤ちゃんを授かるための機能とはいえ、ドロッとしたものが外に出ていく嫌な感覚や子宮を引っかかれるような強い痛みはやっぱりブルーだ。

Tシャツにジャージのズボン。おまけにすっぴんという、上司には絶対に見せてはいけない姿が鏡に映っていてしばし思考が停止する。

痛くてそれどころではなかったけれど、この姿はやっぱりまずい。とはいえ着替えも化粧道具も彼のところに戻らなければない。

そっとユニットバスのドアを開けると、小暮さんはソファに座っていた。

「すみません。今、コーヒーでも」

「椎名はまだベッドだ。なにも食べてないだろ？」

「……はい」

今さらだけど、すっぴんが恥ずかしくてうつむき加減で答える。

「スーパーはまだ行けない？」

「いえ、最近は行けるようになりました」

昨日も会社帰りに寄ってきたので、冷蔵庫は潤っている。

「冷蔵庫、覗いていい？」

「のどが渇きましたよね。とりあえずお茶……」

なんて気が利かないんだと反省して冷蔵庫に歩み寄ると、彼もやってきて私の手を握って止める。

「なんか作っていい？」

「は？」

小暮さん料理するの？

全然そんな印象がない。

「俺、料理好きなんだよ。よければ適当に作るけど」

「お、お願いします」

あるもので適当に作れるなんて相当の腕だ。私は作るものを決めてから食材をそろえるのに。

「おー、野菜もいろいろそろってて、えらいじゃないか。なににするかな」

料理もできるなんて完璧なスパダリってやつじゃない？

「椎名はまだ休んでて。さっきから全然顔上げないけど、すっぴんを気にしてるのは椎名だけだぞ」

あ……。鋭すぎる洞察力に返す言葉もない。

私がポカーンと眺めていると、彼は「もう少し横になってな」と笑った。

化粧はあきらめてベッドに潜り込み、調理をする小暮さんの背中を見つめる。

私よりずっと手際がいい彼は、軽快な音を立てて包丁を動かし、巧みにフライパンを操った。

「できたぞ。食べられそう？」

「はい」

部屋の中にプーンといい香りが漂う。一体なにを作ったのだろう。

彼はフライパンごとテーブルに持ってきた。

「パエリア？」

「うん、チキンとトマトのパエリア。もっとスパイシーにしてもうまいんだけど、お腹によくないかと思って控えめにしておいた。代わりにレモンが効いてる」

こんなにちゃんとした料理が出てくるなんて、あんぐり口を開けるしかない。

私がお茶を用意していると、彼はフライパンから取り分けてくれる。

「いいにおい」

「元気になったな、よかった」

「小暮さんのおかげです」

あのままひとりでいたら、多分夜まで苦しんでいただろう。

回復したのは薬のおかげもあるけれど、彼の手の温もりも大きい。

「うん。無理やり押しかけたけどね」

クスクス笑う彼と一緒に、パエリアを堪能した。

「すごー。こんなおいしい料理ができるなんて、会社の人たちが知ったらびっくりですよ」

料理なんて無縁そうなのに。

「黙っておけよ。私生活をあれこれ噂されるのは好きじゃない」

たしかに、どこかの社長令嬢と付き合ってるとか、婚約したとか、勝手な噂がよく飛んでいる。

「女性関係の噂も本当じゃないんですね」

「そうじゃなきゃ、椎名にあんな話はしないだろ。度々見合い話は舞い込むが、全部断ってる」

やっぱりお見合いの打診はあるんだ。こんな優良物件が独身なのだから、うなずける。

「お見合いの話が来るのは、やっぱり会社を継ぐのを期待されているからでしょうか」

「あぁ。キッズステップの跡取りの俺に興味があるだけだ。そうでなければ見向きもされない」

「そんなことはないです。小暮さんはちょっと厳しいけど仕事もできるし、料理までできてとっても魅力的な方だと思います」

なぜかムキになるのは、なにか嫌な思いをしてきただろう彼を励ましたかったからだ。

「それなら椎名が結婚してくれない？　それで子供ができれば最高だろう？」

「え……」

彼ならきっといい旦那さまになる。

でも、私との結婚を口にするのは子供が欲しいからだ。そんな短絡的に結婚相手を選んで後悔しないの？

いや、子供をつくろうなんてもっとすごい話をしているのか、私たちは。

「それは食べ終わってからにしようか」

「はい」

それから私たちは黙々と食べ続けた。食べきれなかった分は保存して、また食べるつもりだ。

食後のコーヒーを出し、ソファに座る彼の向かいの床に腰を下ろす。

「ここ」

すると彼は不機嫌な様子で自分の隣を指さしている。

「冷えがダメなのに床に座るな。隣が嫌なら俺がそっちに行く」

「大丈夫です。お邪魔します……」

二人掛けのソファでは肩が触れ合ってしまうから緊張するのに。

「生理痛はいつもこんなにひどいの？」

「時々。今日は鎮痛剤を切らしてしまったので耐えられませんでした」

薬があればなんとか動ける。

「そっか。女性は大変なんだな。病院に行かなくていいのか？」

「本当は一度診てもらったほうがいいんでしょうけど、婦人科ってハードルが高くて」

「だけど、なにか病気が隠れていたら大変だ。怖いなら俺も一緒に行くから、行ってみないか？」

一緒に？

彼の提案にはいつも驚かされる。

「いえっ。怖いというより恥ずかしいというか。でも病気だったらと思うと怖いんですけど……」

どちらの感情も入り乱れている。

「もし病気であれば、早く治療すればよくなるかもしれないだろ。俺でよければそれもひっくるめて支えるから」

DV行為を受けて結婚をためらい、でも赤ちゃんが欲しいとたまたま知っただけの部下を、こんなに面倒見る必要はないのに。

「小暮さんにしていただくようなことではありませんから」

「いや。他人事じゃないから。子供を望むならそういう検査はきちんとしたほうがいいと思ってちょっと調べたんだ。そうしたらブライダルチェックというものがあるらしい」

それは知っている。妊娠や出産に関係がある、血液検査、性感染症検査、子宮がん検診、内診、超音波検査などを結婚前にすることだ。

本気で子供を望むなら、婦人科はハードルが高いなんて言っている場合じゃないのか。

「そうですよね。子供を望むなら検査してもらわないと」

「ブライダルチェックは男もあるそうで」

「えっ！　知りませんでした」

驚きすぎて大きな声が出た。

「うん、俺も。でもあたり前だよな。不妊になる原因はなにも女性だけじゃない。血液検査や精液検査をするそうだ。椎名が勇気を出すなら俺も受診しようと思う」

彼の本気度に圧倒される。まさかここまで考えているとは思わなかった。けれども、赤ちゃんを強く望んでいる証拠だと思えば本音でぶつかり合える。

「小暮さんはそこまでしなくても。もし子供ができなかったら考えればいいんじゃないですか？」

私のようになにかの症状に困っているわけではないのだし。

「でも子供をつくるなら、椎名は特に好きでもない俺に抱かれないといけないんだぞ。俺に妊娠させる能力がないとしたらそれも必要なくなる」

話が現実味を帯びてきて腰が引ける。自分の子が欲しいと強く望んではいるけれど、そこに行きつくまでの過程をもっとよく吟味しなければ。

「小暮さんは、相手が私でもいいんでしょうか」

彼は家柄もよく、かの難関大学卒業というだけあっておそらくＩＱも高い。それに加えて容姿も整いすぎているほどで、もし精子提供の取引があれば希望者が殺到するような人だ。

けれど私は、中堅クラスの大学を卒業し特に秀でた能力もなく、身長が平均より少し高めなくらいで、見た目で誇れるようなところは見当たらない。あぁ、目だけは大きいと言われるけど。

もし優秀で容姿端麗な子を望むなら、相手が私ではまずい。

「もちろんだ。子供も椎名のような性格だとうれしい」

意外すぎる言葉に首を傾げる。

「生意気で、コテンパンに論破したいのに？」

「そう。そういう骨のあるヤツが好きだって言っただろ」

好きとか、その顔で簡単に言わないでほしい。恋愛上のそれではないとわかっていてもドキッとするでしょ。

「変な性癖」

「否定できない」

彼の返しに噴き出した。

「赤ちゃんが欲しいのは本当ですけど、なんだかまだピンとこなくて」

「うん。それじゃあ少しずつ仮定の話をしてみよう。ブライダルチェックで問題ないと判断されてもすべての機能を検査するわけじゃない。子づくりを始めたとして、なかなか授かれなかった場合どうしたい？」

以前不妊治療を始めた仁美の話を聞いて、夫婦双方が同じ方向を向いていないと難しいなと感じた。この先に進むなら意見のすり合わせは必要だ。

「そうですね……。不妊治療にチャレンジしたいかな」

仁美を見ているとつらそうだけど、それでも彼女がやめないのは、赤ちゃんに出会いたいからだ。きっと私もそうなる。

「俺もできればそうしたい。だけど、不妊治療にはいろいろ段階があるらしい」

それは私も最近調べた。タイミング法を試して難しければ、人工受精や体外受精に進んでいく。

「かなりお金もかかるみたいで」

「それは心配するな。ただ、体の負担が大きいのは女性のほうだ。椎名が望まないのに無理強いしたくはない」

「小暮さんって意外と優しいんですね」

「意外は余計だろ」

本当は知っている。克洋から守ってくれたあの日から、彼の印象はがらりと変わった。

こんなに労わってもらえるのがくすぐったいから、ちょっとした照れ隠しだ。

「正直、そのときになってみないとわかりません。それで疲れてしまうような人生もどうかなと今は思います。だけど、どうしても授かりたいと思う気持ちもあって」

彼は小さくうなずいてコーヒーを口に運ぶ。

精液検査で小暮さんのほうに原因がなければ、おそらく私の問題だ。それなら……。

「もし本気でふたりで妊活を考えたとしても、小暮さんはひと通り試して無理だったら別のパートナーを探してください。子づくりはできれば早いほうがいいのですから」

夫婦ではないのだから、私に付き合って何年もかかっていては彼がチャンスを逃してしまう。

「お断りだ」

「えっ？」

「俺は椎名としか考えてない。椎名との間に子が授かれなければそれであきらめる。そんないい加減な気持ちでお前と向き合うつもりはないぞ」

どうして？

「でも、私たちは夫婦ではないんですよ」

「俺は夫婦になっても構わないが」

次に放たれた言葉に目を瞠った。

本気なの？

「すまん、話が逸れた。次は子供を授かれたときの話をしよう。もちろん認知して養育費も払うし、父親の役割を果たしたい。子育てを積極的に手伝わせてほしいんだ」

彼も子供が欲しいのだから当然か。

「一緒に公園に行ったり、運動会で親子競技に出たり……」

あの鬼上司がこんなに柔らかい表情をするなんて。

「素敵ですね」

私もそうできたらうれしい。

ただ、子供はどう思うだろう。運動会に一緒に来ているパパとママが本当は夫婦ではなく、自分を生むためにだけ結ばれた存在だとしたら？　幼い頃はそんなことはわからないだろうけど、ある程度の歳になったら気がつく。そのとき、どう説明したら……。

「友人の話を聞いていると子育ては相当重労働だ。できれば産前産後のしばらくは同居して手伝わせてほしい」

出産、そして育児の大変な部分も背負おうとしている彼は素敵な男性だ。間違いなくいいパパになる。

でも……。これはひとつの命を左右する大きな問題だ。私たちがよくても、生まれてくる子がどう思うかなんてわからない。

「椎名、どうした？　嫌か？」

「……ごめんなさい。私、やっぱりできません」

私が赤ちゃんを欲しくても、生まれてくる子は愛しあっていない両親なんて持ちたくないかもしれない。

きっと小暮さんならいいパパをしてくれる。けれど、夫婦でもなく事実婚でもなく、もちろん離婚したわけでもない複雑なこの関係を、子供にどう話したらいいの？

周りと自身の環境の違いを、子供は悩むに違いない。

自分の願望のために新しい命に苦痛を与えるかもしれないのだ。

「落ち着いて。椎名が嫌なら無理強いはしない。だけど、椎名の気持ちをありのまま話してくれないか？　苦しそうだ」

小暮さんは私の背中に手を置き、まるで子供をなだめるようにトントンと叩く。

「……赤ちゃんは欲しいです。でも、親の一方的な願望で生んだとして、その子が両親の間に愛がなかったと知ったらどう思うかと……。生まれてこなければよかったと思うような瞬間があるとしたら、ただの私のエゴだと」

考えをうまく説明できない。けれども彼は理解してくれているようで、「そうだな」とつぶやく。

「もし、愛しあった末に生まれた子だったら？」

「えっ？」

発言の意図がわからず視線を合わせると、小暮さんは私をまっすぐに見つめて続ける。

「俺は椎名が好きだ」

衝撃の告白に頭が真っ白になり固まる。

今、好きと言ったの？

「椎名が結婚をためらう気持ちはよくわかる。心に受けた傷はそんなに簡単に癒《い》えるものじゃないだろう。だから、パートナーがいらないという気持ちは受け止めたい。でも、もしも子供を望むなら俺の子を生んでほしい」

「小暮、さん……」

苦しげな表情で言葉を紡ぐ彼は、手を伸ばしてきて私の頬にそっと触れる。

「最初は突っかかってくる椎名を、なんて生意気な新人だと思ってた。だけど毎回その内容には情熱があったたし、いつの間にか意見を闘わせるのが楽しみになっていた。そうしているうちに、今を全力で生きている椎名に心奪われていた。俺は真逆だったから」

「真逆って？」

「……椎名と出会う前の俺は、なにもかも投げやりだったんだ」

投げやり？　今の彼しか知らない私には、とても信じられない。

「それに、俺は生涯独身でいいと思ってた。でも、椎名に男がいると知ってすごく焦ったし、しかもあの男に手を上げられるところを見たら、殺してやりたいくらい激しい怒りでいっぱいになった。そのとき、俺は椎名が欲しいんだと確信した」

必死になって守ってくれたのは、そのせいだったんだ。

「だから椎名の子以外はいらない。母の遺伝子を残したい気持ちは嘘じゃないが、椎名の子しか欲しくない」

まさか、そんなふうに思っていたとは。

パートナーはいらない、でも子供は欲しいという気持ちで頭がいっぱいで、私との子供が欲しいと言ってくれた小暮さんの心の奥に触れようともしなかった。

「私……」

「焦って考えなくていい。椎名は傷ついたんだ。まずはその傷を癒すのが先決。だけど、一刻も早く子供をつくらないと、と焦るなら、相手は俺にしてほしい。絶対に泣かせないから」

涙がこぼれて慌てて拭う。これはなんの涙なのか自分でもよくわからない。

「泣かないで。ただ、俺の気持ちは椎名に向いていると覚えておいて。受け入れても受け入れなくてもいい。それでも、生まれるかもしれない新しい命にも椎名にも全力で愛を注ぐ。俺たちの間に愛が存在しないと考えるのは間違いだ。少なくとも、俺は椎名が愛おしい」

彼は涙が止まらなくなった私をそっと引き寄せて腕の中に閉じ込める。

「あんなに突っかかってくるくせして、こういうときは脆《もろ》くて。反則だぞ。絶対に守らないとと思うじゃないか」

「ごめんなさい」

「そこは謝るところじゃないだろ」

小刻みに肩を震わせる彼は、私の髪を優しく撫でた。

「そんなに泣くと、また腹が痛くなるぞ」

「……はい」

「しおらしいお前もかわいいな。新しい顔を発見するたび、ますます惚《ほ》れる」

天敵上司の言葉とは思えない。しかしきっと嘘ではない。彼はこんな重要な話をその場限りの嘘で取り繕うような人ではないからだ。

それから彼はしがみついて涙を流す私を黙って抱きしめていた。

パートナーを持つのが怖いとわかってくれている限り、なにも無理強いはされないだろう。

私はずっとこのままでいいの？

全部受け止めると理解を示してくれる人が目の前にいて、子供が欲しいという私の願望も一緒に叶えたいと言う。

意固地になって、パートナーはいらないと拒否するのは正しいのだろうか。

きっと私はもう気づいている。小暮さんと克洋はまったく違う人間なのだと。

克洋は外では優しい彼氏だったが、ふたりになると違った。独占欲と言えば聞こえがいいが、あれは支配欲だった。

一方小暮さんは、仁美に天敵認定されるほど厳しいし、遠慮なく私を叩きのめす。しかし、本当は私の気持ちを第一に考えるような優しい人だ。

しばらくして涙が止まり離れると、微かに笑みを浮かべる彼は「泣き虫」と私の頬の涙を拭う。

「今日は体を休める日だ。ベッドに横になって」

「もう大丈夫です」

「頑固だな。椎名の〝大丈夫〟は、かなりの我慢と努力の上に成り立ってる。ほかのヤツらだったらダメだとうなってるぞ。夕飯も作るから。なにがいい？」

夕飯まで？

どうやら今日はとことん甘やかしてくれるらしい。

「小暮さんにお任せします」

「それじゃあ、体に優しそうなものにしよう。買い物に行ってくるからちゃんと寝てて」

私をベッドに追いやった彼は、部屋の鍵を持って出ていった。

『俺は椎名が好きだ』と口にしたときの小暮さんの真摯な視線が頭から離れない。

「まさか……」

としか言いようがない。克洋の件で傷ついた私を気遣ってくれているのは身にしみていたが、そこに愛があったなんて。

毎日のようにぶつかる上司ではあるけれど彼の発言は納得できるものばかりだし、外苑前教室の案のようにいいと思ったら即採用してくれるし、冒険もさせてくれる。まったくもう！なんて心の中で毒づきながら、彼の手腕は尊敬している上に、この提案にどう反論してくるんだろうと楽しみにしているところもある。

ぶつかるからといって、決して嫌いではないのだ。

どうしたらいい？

私は自分のお腹を押さえてしばし考える。

痛みにのたうち回っていたときの彼の手は救世主だった。あの手だけでなく、私は今まで幾度も助けられてきた。

仕事もそう。私を叩きのめすくせして、そのあとのフォローは絶対だ。私が行き詰まっていると必ず気づいてアドバイスしてくれた。

プライベートでは、克洋の暴力を知って、ただの部下の私を全力で守ってくれた。

愛してるとか好きとかいう感情はよくわからないけど、私にとって小暮さんは必要な人になっている。

もしも彼の愛を受け入れられたら……きっと私は幸せになれるだろう。

愛しあって結ばれるカップルだって、妊娠出産に関する意見をここまでぶつけ合うのはまれなはず。そこまで意思の疎通ができているのだから、万が一なかなか授かれなくてもギクシャクするような事態にはならないだろう。

理想の結婚相手なのかも。

ただ、今の状態で彼の胸に飛び込むのは、ただの甘えな気がする。

子づくりの契約という形式ならそれでもよかった。でも、小暮さんの心に私への愛があると知ってしまった今は、安易な気持ちで頼るのは失礼だ。

もう一度恋ができる？

自分の心に問いかけても答えが出てこない。

けれど、恋をして結婚に至り、赤ちゃんを授かれたら最高だ。

私はしばらく天井を見つめて考えていた。

三十分ほどして帰ってきた小暮さんは至れり尽くせりで、日曜の朝食の買い物までしてきてくれた。

夕飯には、体を温めるためにと生姜《しょうが》をたっぷり使ったジャガイモの味噌汁《みそしる》をはじめ、鮭《さけ》ときのこのホイル蒸しやカボチャの煮物など、とても彼が作ったとは思えない料理の数々が並び、食べすぎるほど。

食事をしている間も私の体を気遣う小暮さんと、一度病院で診てもらうという約束を交わした。

心配をかけたのもあるし、重い生理痛を鎮痛剤でごまかしてきたといううしろめたい気持ちもあり、一度受診してみようと覚悟を決めたのだ。

月曜になると生理痛も軽くなり、少し遅めに出勤した。

「真優！」

なぜか私を待ち構えていた仁美が満面の笑みで呼んでいる。

「おはよ。なに？　仕事うまくいった？」

「それがさ……」

それから小声で話し始めた彼女からびっくりする報告を受けて、なんとか叫び声を呑み込んだ。

「本当に？　赤ちゃん来てくれたの？」

「うん。金曜の夕方に病院に行ったら妊娠してるって。どうもあの痛い検査のおかげで卵管が開いてうまくいったみたいなの」

これからタイミング法とか人工授精とか試していくと話していたので、いきなりのうれしい話に顔がほころぶ。

「よかった。ね、大事にしてよ。できる仕事は私がやるから」

そろそろ大学受験塾チームを離れて幼児教室チーム専属になりそうだけど、今まで助けてくれた仁美のためならなんでもする。

「ありがと。実はさっき小暮さんに、通院で迷惑をかけるかもしれないと報告したの。それなのに、妊娠をすごく喜んでくれて、体を第一に働けるように体制を整えるって。なんか生理休暇も取りやすいようにするって話してたよ。女性に理解ある上司は助かるよね」

生理休暇も？　もしかしたら苦しむ私を見たから？

それにしても、仁美の妊娠を無条件に喜ぶ彼は本当に子供が好きなんだろうな。

理解のない上司だと、産休や育休を快く思わない人もいるようだし、それを機に窓際に追いやられるなんてひどい話も耳にしたし。

やっぱり彼との間にできた子なら、私も子供も幸せになれるかもしれない。

「そうだね。ねぇ、お腹触っていい？」

「いいけど、まだ脂肪しか触れないよ？」

彼女はクスクス笑う。

最近は青い顔をしていた仁美に笑顔が絶えないのを見て、赤ちゃんを授かるのはとても幸せなことなんだと改めて感じた。


その日は、これから担当する幼児教室に顔を出して挨拶を済ませた。

幼児教室は大学受験塾とは違いピリピリした雰囲気はなく、どこからか泣き声が聞こえてくるといった感じでまるで違う。もちろんその泣き声だって嫌なものではなく、講師でもないのに思わず駆け寄りたくなる。

「どうしたんでしょう」

何気なく教室長に尋ねた。

「あの子、いつもなんですよ。お母さんにべったりでしばらく泣いているんです。幼稚園でもそうみたいで、お母さんが心配してここに預けられたんですけど、なかなか慣れなくて」

ここは外苑前教室とは違い、母子分離をしている。

「お母さんは帰られたんでしょうか？」

「心配で外で待っていらっしゃいますよ。姿が見えると余計に泣くので、隠れてもらっています」

「それじゃあ呼びましょう」

「は？」

教室長は目を丸くしたが、私はすぐさま行動に移した。

お母さんの顔を見た男の子は途端に泣きやみ、抱きついたまま講師の話に耳を傾けている。けれどしばらくすると離れて、皆と一緒にお絵描きを始めた。

「あまり甘やかしては……」

「子供の成長のスピードはまちまちです。育った環境の違いもありますから、母子分離が平気な子もそうでない子もいて当然です。無理に引き離さず、お母さんに守られているという安心感を与えてあげたほうが早く親離れするそうですよ」

小暮さんに幼児教室チームを任せると言われてから、必死に幼児教育や小児心理に関する書籍を読み漁った。

そしてなるほどなと思ったのがこれだ。

いつでも帰れる場所があるとわかれば、不安なく離れられるのだ。

「そうでしょうか」

「身長が平均より低いからといって、手足を引っ張って伸ばそうとするお母さんはいませんよね。でも、心の成長に関しては遅いと感じると無理やり次の段階に進ませようとするのはおかしいと思いませんか？」

教室長は元小学校教師でたくさんの子供と接してきている。素人の私が意見するのもどうかとも思ったけれど、いろいろ勉強した上での意見だ。

小暮さんなら喜んで聞いてくれそうだが、教室長は眉をひそめた。

プライドを傷つけたかもしれない。でも、子供たちのためになる意見なら嫌われても発言し続けたい。

その場では教室長は引いたが、本部に戻るとリーダーの福本さんに呼ばれてクレームが入ったと叱られた。

「ですが、あの子はもう何カ月も泣きっぱなしだそうです。お母さんに最初だけ手伝っていただいたらうまくいきました。あの教室がお母さんがいなくても安全であることと、困ったときにはお母さんが迎えに来てくれることがわかれば、そのうち自然と離れていきます」

訴えたけれど、福本さんはため息をつくばかり。

「でもねぇ、もう四歳なんでしょ？　ほかの子も真似し始めたら収拾がつかないよ。これまで通り――」

「真似してもらえばいいじゃないか」

口を挟んできたのは小暮さんだ。

「これまで通りがうまくいかないんだろう？」

「そうですが……」

福本さんの声が小さくなる。

「椎名はよく勉強してる。これは俺が先月、小児心理学のエキスパートの講義を聞きに行ったときのレポートだ。椎名の意見が間違いではないとわかるかと。四歳で焦る必要はない。教室長には俺から電話を入れておく」

あっという間にこの場を収めた小暮さんにはあっぱれだ。

「椎名」

次に彼は私を呼び一旦部屋を出ていく。　なぜか給湯室に入った彼は、　振り向いて口を開いた。

「お前の意見で納得してもらえない場合、具体的なエビデンスを示せ。権威のある人とかその道のプロと呼ばれる人の意見は効果的だぞ。そのエビデンスは椎名がチョイスして、お前の作りたい教室にすればいい」

「はい」

「椎名は大人の都合より子供たちを見てる。そういう大人が必要だ。いい仕事ができている」

彼に褒められるとむずがゆい。あまりないからだ。

「ありがとうございます。今日は天敵じゃないんですね」

「なんだ、バトルしたいのか？」

「そういうわけでは……」

照れ隠しに言うと、彼はニヤリと笑う。

「俺は自分の能力のなさを痛感している」

「どうしてですか？」

「幼児教室のほうに空席がなかったからといって、椎名を大学受験塾チームに配属したのは間違いだった。幼児教室チームではこんなに輝いてるのに」

それって、大学受験塾チームでは役立たずだったという嫌みかしら。

「大学受験塾チームに適性がなくてすみません」

「いや、ほかのヤツらよりよくやってたと思うぞ。でも、幼児教室こそ椎名の天職だったんだ。気づくのが遅くて悪かった。で、ここのコーヒーうまくなかったから銘柄指定して買ってきてもらったんだ。試飲してみないか？」

それで給湯室？

「今、淹れます」

「俺、そこそこ料理するから自分でやるよ」

あんなにできるくせして、そこそこだって。

「それでは、そこそこできる小暮さんにお任せします」

「あはは。もう平気か？」

「はい。ありがとうございました。――あの病院に予約を入れました」

小暮さんが友人にお薦めの産婦人科を聞いてくれたらしく、日曜にメッセージが入ったのだ。

「いつ行く？」

「明日、早退させていただいて、十六時半に」

「そっか」

「小暮さん、どちらですか？」

そのとき、誰かが小暮さんを捜している声が聞こえてきた。

「ここです」

彼が給湯室から顔を出して答えると「お電話が入ってます」と返されている。

「椎名、それ味見しておいて。それじゃ」

「あ……」

彼は慌ただしく出ていった。


翌日。早退した私は、小暮さんが教えてくれた病院を訪れた。

フレンチをごちそうになったベリーヒルズビレッジ内にある総合病院はまだ新しく、清潔感あふれている。

敷地内のレジデンスに住む彼の友人、相馬さんの奥さまがここで出産したとか。丁寧に診察してもらえて安心してお産に挑めたと聞いた。

待合室にはたくさんのお腹の大きな妊婦さんと、数人の旦那さま。幸せオーラでいっぱいだ。

内診についてあらかじめ調べて覚悟を決めてきたものの、初めての産婦人科は緊張せずにはいられない。

予約番号が近づいてくると、心臓が暴れたまま収まらなくなった。これじゃあ、小暮さんみたいに白衣高血圧になってしまう。

うつむいてひたすら呼ばれるのを待っていると、視界に黒い革靴が入りふと顔を上げる。

「え？」

「よかった。間に合った」

肩で息をしているのは小暮さんだ。

間に合ったって？

「すまない。道が混んでいて遅れた」

「なんで……？」

どうして謝っているのか、なぜここにいるのか、なにをしに来たのか……なにから聞いたらいいのかわからない。

「なんでって、支えると約束しただろ。椎名が勇気を出したんだ。付き添うくらいなんてことない」

たしかに彼は『怖いなら俺も一緒に行く』と言っていたけど、まさか本当に来るとは思っていなかった。

「でも……」

彼は夫でも、婚約者でも、彼氏でもないのだし。

「迷惑だった？」

「そんなわけないです。本当は心臓が口から出てきそうで。小暮さんの顔を見てちょっと落ち着きました」

ひとりでいると、もし大きな病気が見つかったらと心配ばかりが募るから。

「よかった。隣いい？」

「はい」

彼は空いていた席に腰を下ろして私を見つめる。

「俺、なにもできないけど、椎名はひとりじゃない」

「ありがとうございます」

その言葉でどれだけ安心したか。

もしなんらかの病気が見つかっても、仁美みたいに前向きに治療をすればいい。

「椎名さん、椎名真優さん。第二診察室にどうぞ」

ついにそのときが来た。立ち上がると彼も一緒に看護師さんのほうに向かう。

「旦那さんは、中待合でお待ちくださいね」

小暮さんを旦那さんと勘違いされて焦ったものの、彼は「わかりました」と落ち着いて答えている。本当に夫婦みたいだ。

「行ってきます」

「うん」

私が告げると、彼は優しく微笑んだ。


少しでも恥ずかしさを軽減したいと女性医師を指定しての受診だったが、初めての内診はガチガチに緊張して、看護師さんに「息をしてください」と笑われるありさま。けれど、なんとか無事に終了した。

血液検査や超音波検査などをひと通りやって結果を待つ間、顔がこわばる私を小暮さんは静かに見守ってくれた。

余計な発言をするわけでもなく、ただ隣にいて時折優しい眼差しを向けてくれる。

私の心を丸ごと包み込み、守ってくれているかのようだった。

おかげで心が穏やかになってきた。

ただ生理痛がひどいだけで、なにもなければそれでいい。もしなにかあっても受け入れるしかない。

これまで診察を受けなかったのは、恥ずかしさや恐怖といった感情があったからなのには違いないが、赤ちゃんを授かるということを真剣に考えてはいなかったから。ちょっと生理痛がひどいだけで、結婚してそういう行為をしていれば自然とお腹に来てくれるものだと思い込んでいたのだ。

よく不妊治療の話は聞くけれど、自分に限ってありえないと根拠のない自信を持っていた。

もっと早く診てもらえばよかったという後悔はある。でも時間が戻せるわけではないのだからこれから先を考えよう。

「椎名さん、診察室にどうぞ。ご主人も一緒に」

診察のときに先生には独身だと話したけれど、声をかけてくれたのがさっきとは別の看護師さんだからか、小暮さんを旦那さまだと勘違いしている。

「椎名、ひとりで平気?」

「はい」

立ち上がって返事をしたものの、本当は不安だ。万が一大きな病気が見つかったらどうしたらいいのだろう。

「あの……。やっぱり一緒に行っていただいてもいいですか」

夫ではなくてもパートナーだと言えば、先生も許可してくれるはずだ。

「もちろん。椎名が望むなら」

独身の彼は、私より産婦人科という場所に抵抗があるのではないかと感じていたのに、嫌な顔ひとつしない。

診察室のイスに座ると、四十代だと思われる眼鏡をかけた先生が私の検査結果に目を通し、一瞬眉を上げたあと口を開く。

「検査の結果、子宮内膜症だと考えられます。生理痛がひどいのはそのせいですね」

頭が真っ白になり言葉が出てこない。すると、うしろに立って話を聞いていた小暮さんが私を励ますように肩に手を置く。

「いくつかの検査でその傾向が出ています」

先生は血液検査の用紙のＣＡ１２５という項目に赤線を引いた。

子宮内膜症って不妊になりやすいんじゃなかったっけ？

「治療できるんですか？　妊娠、できますか？」

目を泳がせながらやっとのことで言葉を紡ぐ。

聞きたいけれど聞きたくないという相反する気持ちが心の中でせめぎ合い、顔がこわばる。

「治療法はいくつかありますよ。子宮内膜症は不妊の原因のひとつではありますが、妊娠できないわけではありません」

自分の子を持つという希望がついえたわけではないと知り、ようやく肺に酸素が入ってきた。

「椎名さんはまだ軽度です。でも、妊娠に関しては少し努力が必要になるかもしれません。ご結婚はまだのようですが、近々お考えですか？」

先生は小暮さんに視線を移して尋ねている。

「いえ……」

だから私は慌てて答えた。

「そうですか。妊娠をすぐに望まれないなら低用量ピルやホルモン療法なども可能です。これらの治療中は妊娠できなくなりますので、結婚出産を近々考えられるなら第一選択肢にはなりません」

患者の置かれた状況によって治療方法の選択が異なるのか。

「ほかにはオペという選択もあります」

「オペ……」

大きな病気をした経験がない私は、オペと聞いて動揺が走る。

「最近は大きく開腹せず小さな穴を開けて行う腹腔鏡《ふくこうきょう》手術が選択できます。おそらく椎名さんはこちらで大丈夫かと。手術してから赤ちゃんを考えられる方もいらっしゃいますよ」

とはいえ、お腹に穴を開けるのだ。簡単にお願いしますとは言えない。

「あとは……妊娠しにくいというのに相反しますが、もしご結婚や妊娠をお考えなら、それを早めてはいかがでしょう」

「早める？」

意味がよく呑み込めない。

「子宮内膜症は、生理が来るたびに悪化します。そのため、お薬でホルモンをコントロールして閉経や妊娠の状態に導くんです。そうやって病巣を小さくしていきます。ですが、妊娠すれば自然と生理は止まりますよね。つまりお薬は必要ないんです」

そういう考え方もあるのかと目から鱗《うろこ》だった。

「タイミング法や人工授精などを試されるご夫婦もいらっしゃいますよ」

先生の話に耳を傾けてはいたけれど、妊娠しにくい体だと判明したのがショックで、なんと返事をしたらいいのかわからない。

「少し考えさせていただけませんか」

先生に返事をしたのは小暮さんだ。

「そうですね。とりあえず鎮痛剤を出しましょう。痛くなってからではなく、痛くなりそうなタイミングで飲んでも構いません。定期的に診せていただきたいので、次回の予約をお取りください」

結局、考えがまとまらないまま診察は終了した。


仕事を抜けてきた小暮さんは、私を車に乗せて家まで送ってくれるという。車内では会話もなく重苦しい空気が流れる。

言葉で表すなら、〝まさか自分が〟というのがきっと正しい。生理痛は他人よりちょっとひどかったが鎮痛剤さえあれば仕事はできていたし、そんな人はいくらでもいると思っていた。

いざ出産を意識した途端、妊娠しにくい体だと発覚するなんて。

自然に授かれない場合は不妊治療をすればいいや、なんて簡単に考えていたけれど、治療したところで授かれる保証はないという現実と否応なしに向き合わなければならなくなり、緊張が走る。

小暮さんは『俺は椎名としか考えてない。椎名との間に子が授かれなければそれであきらめる』と口にしていたが、それはその可能性がまだ低かったときの仮定の話。子宮内膜症を抱えているとわかったからには、巻き込むわけにいかない。

結局、ひと言も会話を交わさないままマンションの前に到着した。

「椎名」

「はい」

「すぐに仕事を終わらせてまた来る。だから、それまではなにも考えるな」

「えっ……」

驚き彼を見つめると、優しい表情で微笑んでくれる。それにどれだけ救われたか。我慢していた涙がひと粒こぼれてしまい、慌てて手で拭った。

「椎名が望むなら俺は離れない。お前に惚れてるからな」

彼の気持ちはありがたい。けれど、赤ちゃんを授かれないかもしれないという動揺で、彼の気持ちを受け止める余裕がない。

「一時間でいい。待てるか?」

そういえば今日は、重要な役員会議が入っていたような。それなのに私の受診に合わせて抜けてきてくれたんだ。もしかしたら、もう遅れているのかもしれない。

「……はい」

私がはいと言わなければ彼は仕事に戻れないと思い、うなずいた。

それからの一時間がどれだけ長かったか。永遠にときが過ぎないのではないかと苦しくて涙が止まらなかった。しかし、小暮さんが来てくれると思えばなんとか耐えられた。

けたたましくチャイムが鳴り、ハッとする。

ドアホンを取ると『俺だ』と焦ったような声。オートロックを開錠してしばらくすると、部屋のチャイムが鳴り、玄関のドアを開けた。小暮さんの息がなぜか上がっている。

「どうしたんですか?」

「エレベーターが待てなくて」

まさか五階まで階段を上ってきたの?

彼はネクタイを緩め、私を強い視線で見つめる。

「泣いたの、か」

さっきより目が赤くなっていたからだろう。彼は眉をひそめる。

「いえ」

なんて見え透いた嘘なのだろうと自分であきれる。けれども、虚勢を張っていなければ今にも崩れ落ちそうだった。

「もうお仕事は大丈夫なんで——」

話し終える前に強く抱き寄せられて声が続かない。

「元気なふりなんていらない。悲しければ泣けばいい」

その言葉をきっかけに、決壊した堤防から水があふれるように涙が止まらなくなり、しがみついたまま泣き続けた。

どれくらい経ったのか、思いきり泣けたからか少し落ち着いてくると、「部屋に上がっていい？」と促されてうなずく。

「コーヒーでいいですか？」

「そんなのいいから」

私の腕を引きソファに座らせた小暮さんは、自分は床に腰を下ろして視線を絡ませてくる。

「子供をあきらめる必要はないぞ。それより、椎名の体だ。まずは治療を考えよう」

もちろん、赤ちゃんを授かれないと決まったわけではないとわかっている。でも、〝まさか〟なのだ。生理痛がひどくても、自分は不妊とは関係がないという思い込みをあっさり覆されて動揺を隠せない。

小暮さんの発言に返事すらできなくて、ただ目を泳がせる。

「椎名」

すると彼は柔らかな声で私を呼び、手を握りしめてきた。

「俺の一方的な想いなのはわかってる。でも、俺は椎名を守りたい。支えられるならどんなことでもする」

「小暮さん」

「もし……」

彼はそこで一旦口を閉ざして、なにかを考えているようだ。

その続きはなに？

「……もし、妊娠という手段で子宮内膜症を治療したいのであれば、喜んで協力する。椎名が俺との行為に抵抗があるなら、人工授精だって構わない」

「無理です。小暮さんは赤ちゃんが欲しいんですよね。でも私は、不妊治療をしてもできないかもしれないんですよ」

じわりと涙が瞳を覆う。

「言っただろ。俺は椎名との子だから欲しいんだ。もし椎名と生きていけるなら、授かれなくても構わないいし、結婚という形式にこだわるつもりもない」

彼の発言に驚き目を見開く。

「そんな……。小暮さんならいくらでもお相手が見つかります。一時の感情に流されないでください」

捨てられる未来しか思い浮かばない私は、何度も首を横に振る。

「俺、幸せになんてなれなくていいとずっと思ってた」

「え……」

どういう意味？

「一生独身で、自分が困らないだけ稼いで、静かに死んでいきたいと思ってたんだ」

「どうして？」

キッズステップの跡取りとして生まれた彼なら、何不自由なく生きていけるはずだし、優しい妻もそして家族も、その気になれば欲しいものはすべて手に入るでしょう？

「まあ、いろいろあって……」

言葉を濁すというのは、これ以上踏み込まれたくないという証なのかな。

「だけど、椎名に出会って気持ちが変わった。俺にどれだけ却下されてもキラキラした目で自分の企画をぶつけてくる椎名を見ていたら、生きるってこういうことなんだなと。惰性で息をしているだけの俺にはまぶしくて、いつの間にか椎名から目が離せなくなってた」

惰性で息をしているだけって、そんなはずない。

「小暮さんは私たち部下を導いてくださるじゃないですか。全然論破できなくてカチンとくるときもありますけど、小暮さんが上司だからもっと高みを目指したいという気持ちが湧いてくるんです」

それは嘘じゃない。簡単に企画が通ってしまうならこれほどまでに知恵を絞り、必死になったりしなかったはずだ。

「惰性で息をしているだけなんて、小暮さんはそんな人じゃない」

いつの間にか熱く訴えていた。

「ありがとう。椎名が俺を変えてくれたんだ。もっと前向きに生きたいと思ったら欲が出た。椎名を幸せにしたい。そして俺も幸せになりたいと」

言葉一つひとつに重みを感じて胸にズドンと突き刺さるのは、彼があまりにも真剣だからだ。

小暮さんは立ち上がり、狭いソファの隣に座る。そして私をまっすぐに見つめて口を開く。

「どんな形でもいい。椎名と運命をともにしたい。俺のこと、真剣に考えてくれないか」

どんな形でもというのは、入籍しなくても、赤ちゃんを授かれなくても構わないと言っているのだろう。彼がこれほど熱い想いを秘めていたとは知らなかった。

「本当に、赤ちゃんを授かれなくても後悔しませんか？」

何度も念を押したくなる。あとでやっぱり無理だと突き放されたら、今日の涙くらいでは済まないから。

「しない。俺は椎名の隣にいたいんだ」

彼は私の頬を大きな手で包み込み、きっぱりと宣言する。

触れた手から彼の心の熱が伝わってくる気がして、涙がスッと引っ込んだ。

「私、小暮さんを好きになれるのかどうかよくわからなくて……」

もう一度、誰かを愛せるのか自信がない。けれど、こうして何度もつらい時間を救ってくれた彼に心も揺れる。

ただ、克洋の件があって気持ちにブレーキがかかるのだ。

彼は克洋とは違う。暴力なんて振るわないとわかっていても、隠れた本性を持っているかもしれないと考えてしまう。

それに人の気持ちは移ろうものだ。いつかあっさり捨てられるんじゃないかと思えば、好きになりたくないという気持ちが先走る。

「それでいい。俺が椎名に振り向いてもらえるように努力する。この気持ちはいい加減なものではないと証明する」

どうして彼はこれほど強いのだろう。

「ただひとつ。俺はキッズステップを継がないかもしれない。それだけは承知しておいてほしい」

なぜ頑なに会社を離れようとするの？　もし彼の話が本当ならば、以前は惰性で跡継ぎとしての役割を果たしていただけだとしても、今は違うんじゃないの？

疑問が湧いたものの、その理由を語ろうとしないからには触れるべきではないと感じて口をつぐむ。

「でも、子宮内膜症の治療はしよう。これは子供を授かるかどうかの問題じゃなく、椎名の健康の問題だ。あんなにつらそうな生理痛を放っておけない」

つらいのは私であって、彼は関係ないのに。

「な？　そばにいるから。椎名が俺を嫌にならない限りは絶対に支えるから」

これほど心配してくれる人がいると思えば、治療も頑張れそうな気がする。

「ありがとうございます。前向きに考えます」

感激の涙が流れそうになり、ぐっとこらえて口角を上げる。

「うん。今日、時間がなくて昼飯抜いたんだよ。冷蔵庫、なんかある？」

また作ってくれるの？

「小暮さんみたいにうまくはないですけど、今日は私が」

「ううん。椎名はへとへとなんだから作らせてくれ。覗いていい？」

「はい」

たしかに今日は心がへとへとだ。

私は素直にうなずいた。

小暮さんが調理を始めると、ベッドに横たわり、スマホで子宮内膜症のオペについて調べ始める。

「腹腔鏡下手術……」

先生は『小さな穴を開けて行う』と話していたけれど、全身麻酔下で行うオペで、ドクターの技術も重要になる。術後は開腹手術より楽なようだけど、それなりの覚悟が必要だ。

次に薬物療法についても調べてみたが、治療の終了後、ホルモンの分泌状態がもとに戻ると再び悪化する可能性があるのだとか。どうやら再発を繰り返しやすい病気らしい。

無意識に、はぁ、とため息が出る。

「今日は見るな」

すると、小暮さんが近寄ってきて私のスマホを奪った。

「俺も勉強する。椎名の体にとって最善の道を探そう」

あぁ、彼の愛は本物だ。自分の子が欲しいという気持ちより、私の健康を優先してくれる。

「中華にしたよ。食べられる？」

さっきから醤油《しょうゆ》の焦げたにおいが充満していて食欲を誘う。

「はい、いただきます」

ベッドの上で起き上がると、彼が自然な動作で私の体を支えて立たせてくれた。今日はどこも具合が悪くないのに。

小さなテーブルに並んだのは、豚肉とねぎの中華炒め、麻婆《マーボー》豆腐、そしてたまごのスープ。

「おいしそう」

自然と声が漏れる。

「まずは食べて元気になろう。闘えないぞ」

「はい。いただきます」

最初に箸を伸ばしたのは豚肉だ。甘辛く仕上げてあるそれに目尻が下がる。

「んー、おいしい。この味、すごく好きかも」

「それはよかった。いつでも作るから言って」

彼も笑顔で食べ進めている。

ショックな告知があったのに、少し心が和んだ。

過保護な小暮さんは後片付けまでするというので、並んで皿洗いをした。

あの天敵とこんなふうに一緒に家事をしているのが不思議でたまらない。けれども、そばにいてくれるだけで緊張がほどける。

「明日、会社は休んでいいから」

「いえ、行きます」

外苑前教室がまだ大変な時期だし、大学受験塾チームの引継ぎも中途半端なまま止まっている。

「でも……」

「ひとりで家にいると、余計なことを考えてしまうので」

「それもそうだな。ただし、つらかったらすぐに俺に言ってこい。それと……明日も来ていいか？」

出社には同意した彼が付け足した質問に驚いた。

「明日？」

「うん。迷惑ならやめる。だけど、今は椎名をひとりにしたくない」

まだ好きになれるかどうかわからないと正直に話しているのに、どこまで優しいのだろう。胸がじわりと温かくなる。

「はい。お待ちしています」

「少し遅くなるから、外食しようか」

「いえ、明日は私が作ります。って、この料理をいただいたあとではプレッシャーしかないいんですけど」

どう考えても彼のほうが料理がうまい。

料理人の奥さんってどうしてるのかしら。

「それは楽しみだ。仕事も頑張れそう」

「期待しないでください。私は普通のものしか作れないですよ」

冷蔵庫を覗いてある材料でパパッと料理を作れるのは、相当レパートリーがある証拠だ。私には無理。

「顔がにやける」

「人の話聞いてます？」

どこまでもポジティブな発言しかしない彼に笑みがこぼれた。

やっぱり、ひとりでいるよりずっといい。

玄関に向かった小暮さんを追いかけると、彼は靴を履いて振り向き私をじっと見つめる。

「体の不調や痛みは代わってやれないけど、椎名の心が泣くのなら俺が半分背負う。一緒に最善の道を探そう」

優しい言葉をかけられて涙腺が緩む。涙がひと粒頬を伝ったが、彼はそっと拭ってくれた。

「子供ができないと決まったわけじゃない」

「……はい」

彼の言う通りだ。先生も妊娠して生理を止めるのが治療にもなると話していたくらいだから、妊娠の可能性は残っている。しにくいだけだ。

少しずつ気持ちが落ち着いてきた。

「眠れなかったら、何時でもいいから電話して」

「えっ?」

「それじゃあ、明日」

彼は私の頭をポンと叩いてから玄関を出ていった。

小暮さんの愛の告白を信じられない気持ちで聞いたが、その本気度がひしひしと伝わってくる。子供を望むのに、リスクのある私と一緒に進みたいだなんて。

彼がいてくれてよかった。

病院に彼が現れたときは目を丸くしたけれど、ひとりではもっと取り乱しただろう。

今頃泣きじゃくっていたかもしれない。

私は感謝して、窓から彼の車が離れていくのを見守った。

翌日はゆっくり出社して仕事を始めた。昨日の診断結果を頭から追い出したくてがむしゃらに働く。小暮さんは朝から外出になっている。

「あー、コピー忘れてた！」

「真優は仕事が多すぎるのよ。自分で余計な仕事を作るし」

隣の仁美があきれている。

たしかに、頼まれてもいない企画書を提出するし、ほかの人たちより担当塾への訪問回数も多めだ。

「セーブしたほうがいいかなぁ」

「できないのが真優でしょ」

よくご存じで。

「ね、ランチ一緒に行ける？」

不妊の悩みを相談してくれた彼女には、自分の状態も話しておきたい。そしていろいろ調べていた彼女にアドバイスをもらいたい。

「いいよ。『プレジール』行こうよ」

「了解」

プレジールは会社の近くのビルに入店しているカフェだ。

彼女と一緒にお昼を食べたあとすぐに外出できるように、午前中は仕事に励んだ。

「えー、そんなことになってるなんて。私が不妊で悩んでたのに」

プレジールでお気に入りのアボカドサンドをかじりながら検査の結果を報告すると、仁美は目を真ん丸にして驚き、ため息をついている。

「赤ちゃんができるかどうかは、まだわかんないけど……」

「もちろんそうだよ。不妊について相談に行ってたとき子宮内膜症の人もたくさんいたけど、ピル治療をやめたらすぐに妊娠したっていう話も聞いたよ」

それはホッとする報告だ。

「そっか。よかった」

「でも赤ちゃんが欲しいなら、早めがいいよね。授かれる確率も下がっていくみたいだし、いろんなリスクもね……」

「そうだよね」

病気が発覚して、余計に焦りが出てきた。

「子宮内膜症って、たしか妊娠してもよくなるんだよね？　でも、彼氏と別れちゃったか」

「……うん」

仁美には、暴力を振るわれた件は話していない。ただ別れたとだけ伝えてある。

「新しい出会いないかな。お見合いとかどう？」

新しい出会いと聞いて、小暮さんの顔が浮かんだ。

私との子だから欲しいだとか、もし授かれなくても後悔しないだとか、あんなに熱い告白をされたら気にならないほうがおかしい。つい先日までただの上司だったはずなのに、今では一番身近で頼れる存在になっている。

「あれっ？　もしかして、もう気になる人いる？」

「い、いないよ」

私自身の気持ちがよくわかっていないのに、同じ会社で働く彼女にはまだ言えない。

「仁美は順調？」

「うん。今のところつわりもあんまりないし。でも、無理しないように育てなきゃ」

無意識なのかお腹に手をやり優しい表情をする彼女がうらやましい。ひと目で幸せなんだろうなと伝わってくる。

やっぱり私も赤ちゃん欲しいな。

「そういえば小暮さん」

唐突に小暮さんの名前が出たので、コーヒーを噴き出しそうになる。

「私が妊娠の報告をしてから、いつも気にかけてくれるんだよ。真優と闘ってるイメージしかなかったけど、優しい人だね」

「そ、そうね」

「教育の仕事が本当に好きなんだろうな。あの人の意見は厳しいけど、全部生徒や児童のためって感じがする」

それには私も同意だ。小暮さんに論破されるのは、彼の意見からそれを感じるからだ。

「小暮さんって、会社を継ぐんだよね？」

彼は継がないかもしれないと意味深長な話をしていたけれど、それを知らないのは私だけなのかな？と思い尋ねる。

「そうじゃない？　弟さんがいるって噂だけど、会社にはいないよね」

弟がいるんだ。

「そっか」

「とにかく、婦人科の治療は心が折れそうになるから、なにかあったらすぐに言うのよ」

「ありがと」

仁美は自身も不妊かもしれないと悩んでいたからか、私の不安な気持ちをよく理解してくれている。また相談しようと思った。


その日の夜から小暮さんがしょっちゅう我が家を訪ねてくるようになり、半月が過ぎた。不思議な関係ではあるけれど、一緒に過ごす時間は心地いい。

彼は私の作ったミートソースをえらく気に入り、パスタやグラタンにして食べる機会が多い。今日はなすをたっぷり使ったミートソースグラタンを「おいしい」と笑顔で食べてくれた。

「これ」

食後に書類を差し出されて受け取った。仕事関係の資料かと思いきや、子宮内膜症の治療を実際に受けた人のレジュメだった。

「これ、どうしたんですか？」

「椎名の主治医にもらってきた。椎名は不安ばかりが先行してるだろ。だから、よいほうの報告はないかって聞いて――」

「待ってください。ひとりで産婦人科に行ってきたんですか？」

付き添いの旦那さまは多数いたが、男性ひとりという姿は見かけなかった。恥ずかしかったんじゃないだろうか。

「うん。これを」

彼はもう一枚小さめの紙を見せてくる。

「あ……」

「椎名が妊娠での治療を望んでも、俺のほうの機能に問題があったら無理なわけだろ？　だからきちんと確認しておきたくて」

なんと、それは精液検査の結果だった。

「検査受けたんですか？」

「うん。それがなかなか勃《た》たなくて」

「え……」

ぼそりとつぶやく彼を前に、言葉が続かない。

「部屋に通されて、ここに出してくださいってさわやかに容器を渡されてもさ。大変だな、産婦人科。椎名の勇気がよくわかった」

少し恥ずかしそうに告白する小暮さんは、「一応、問題はないそうだ」と付け足した。

「こんなことまで……」

「大事なことだ。でもやっぱり、男も年齢とともに精子が衰えていくから、子づくりを考えているなら早いほうがいいと言われた」

つらい現実から逃避するように仕事に没頭している私より、彼のほうがずっと真剣に考えてくれているのがありがたい。

「これで椎名が妊娠で症状を軽くするという選択肢はできた。まあ、俺じゃ嫌だったら論外だけど」

論外と言及されてとっさに首を横に振った。

私……もしその治療を選んで赤ちゃんを授かるなら、相手は小暮さんがいいと思い始めている。

実は仁美に告白したあと、紬にも会って相談した。彼女には克洋の暴力から小暮さんとの関係まですべて聞いてもらい、随分深い話をしたと思う。

紬も元カレの言動に傷つき長く彼氏がいなかったけれど、旦那さんに出会ってとんとん拍子で結婚に至っている。

彼女は『次に進むのがずっと怖かったけど、彼なら大丈夫だと思えたの』と話していたが、小暮さんの本気を感じたらしく『彼がそういう存在になるといいね』と励ましてくれた。

十月も半ば。空が高くなりだしてからも、小暮さんはただ食事を食べにだけやってくる。彼が作ってくれるときもあれば私のときも。いつの間にかそれを楽しみにするようになった。

今日は小暮さんも出席しての幼児教室チームの会議。彼がいるといつも緊張で背筋が伸びる。

「外苑前教室の評判は上々です。児童数もほぼマックスまで埋まっておりまして、日時によっては待ちが出ています」

「新しい試みだったが成功と言っていい。保護者アンケートでもほとんどの人が満足にチェックしている」

小暮さんが口を挟むと、リーダーの福本さんも話しだす。

「まさかこんなにうまくいくとは。新規の教室も積極的にこの方式を試してみたいですね」

「そうだな。椎名、問題点を挙げて」

「はい。まずは講師ですが――」

小暮さんに促されて、正直に困っている点を挙げていく。

中には評価が下がるからと話したがらない担当者もいるが、私は積極的に打ち明けて判断を仰ぐようにしている。ひとりではどうにもならない案件も、意外な方法で解決するケースもあるからだ。

ひと通り話し終えたところで下腹部の鈍痛がつらくなってきて顔をしかめてしまった。実は今朝、憂鬱《ゆううつ》な生理が来たのだ。鎮痛剤を飲んでいるものの、完全に痛みを抑えきれていない。

「それではその点については後日詰めよう。各々《おのおの》考えておいてくれ。それでは次の教室。それと椎名」

小暮さんはてきぱきと場を仕切ったあと、私を手招きして一旦廊下に出た。

「なにか？」

「顔が真っ青だ。体調が悪い？」

バレているのか。

「すみません。生理が……」

上司に生理の告白なんて普通はしにくいが、小暮さんなので打ち明けた。

「そうか。薬は？」

「飲みました」

「早退してもいいぞ」

「いえ、十六時半に説明会があって」

新しく担当している幼児教室の保護者説明会に出席しなければならない。

彼はチラリと腕時計に視線を送る。

「この会議が終われば俺の予定はもう入ってない。一緒に行くから、それまで応接室で休んでろ」

「大丈夫です」

甘えるわけにはいかないと首を横に振る。

「将来のために今は無理をするんじゃない。椎名の人生はずっと続くんだぞ」

優しく微笑まれて、結局はうなずいた。

赤ちゃんを宿したいのなら自分の体も労わらなければ。

応接室で鎮痛剤を追加したら、シャキッと立てるまでには回復した。けれども、一緒に保護者説明会に出席してくれた小暮さんは私の代わりに挨拶や質疑応答もこなしてくれて、私は必要な書類を準備するだけでなんとかなった。

「もう着くからな」

帰りは彼の車でマンションまで送り届けてくれる。

「本当にありがとうございました」

「なんでもっと頼らない。苦しいときは甘えればいいんだ」

車を降りて深く頭を下げたのに、彼も一緒に降りてきて部屋に向かった。てきぱきと私をベッドに横たわらせ、顔を覗き込んでくる。

「まだひどい？」

「薬が効いている間は大丈夫です」

少し前まではこれほどひどくなかったし、痛いのも毎月ではなかったのに。やはり悪化しているのだろう。

「そっか。俺、今夜泊まってもいい？　心配で帰れない」

思わぬ提案に目が大きくなる。でも、不安な今はとてもありがたい言葉だった。

「布団がなくて……」

「ソファでいい。ブランケット借りる」

ソファって。二人掛けでは大きな彼の体はとても入らないのに。

「ごめんなさい」

「謝るな。椎名は悪くない」

彼は優しくささやきかけてくる。

「小暮さん」

「ん？」

「私、逃げてないでちゃんと治療します」

そうでなければ、これほど労わってくれる彼に申し訳ない。

しかも、今朝生理が来たとき、これで妊娠の機会を一回失ったんだと強烈に感じた。

病気が発覚してから、努力しても赤ちゃんを授かれないのでは？と怖くて行動に移せなかったが、やっぱり赤ちゃんが欲しい。できれば小暮さんとの。

そんな想いが強くなり、自分の今の状況をようやく受け入れられたのだ。

「そうか。うん、それがいい」

目を細めて何度もうなずく彼は、私の決断を喜んでいるようだ。

「もし、妊娠での治療を希望したら……あのっ――」

「もちろん引き受ける。ほかの男に椎名を譲るつもりはない」

ためらいがちに父親になってくれるか問おうとしたのに、彼は即答する。

「ずっと支えるから。子供ができてもできなくても、椎名を手放したりしない。だから……結婚も考えてくれないか？」

「えっ……」

「妊活の契約ではなく、人生の契約を結ばないか？　もちろん、愛情はたっぷりつける」

不意打ちのプロポーズに鼓動が速まっていく。

克洋の暴力で真っ暗になった未来に差し込んだ一筋の光。私はこの光にすがってもいいのだろうか。

「でも、赤ちゃんができなかったら小暮さんは別の人と……」

「断る。椎名の子だから欲しいと何度も話したはずだ。できなければそれを受け入れるまで。椎名がどうしてもと思うなら養子を考えてもいい」

養子？

そんなことまで考えてはいなかったので、あんぐりと口を開けた。

彼の話を聞けば聞くほど、私への気持ちに嘘偽りはないのだと確信できる。

隠れた本性があるんじゃないかという不安は、もうとっくに拭いさられていた。

紬の『次に進むのがずっと怖かったけど、彼なら大丈夫だと思えたの』という言葉が頭の中でリフレインする。

「私……」

「うん」

「私、小暮さんの奥さんになってもいいですか？」

つい先日まで意見を闘わせているだけだった上司に、こんな気持ちを抱くとは自分でも驚いている。

しかし誠実で包容力があり、隣にいてもらえるだけで安心できるような彼と一緒に歩いていけたらと本気で思った。

「今の……幻聴じゃないよな」

きょとんとする小暮さんはつぶやく。

「はい。幻聴じゃありません」

「ありがとう、真優」

私を初めて下の名で呼んだ彼は、はぁと大きく息を吐き、感極まった様子で目を閉じる。

「ダメだ。うれしくて泣きそう」

そんなに？　小暮さんが泣く姿なんて想像できないのに。

「調子悪いのにごめん」

「あはっ。大丈夫です。小暮さんがそばにいてくれたら、なんでも乗り越えられる気がします」

子宮内膜症が発覚して不妊の可能性が示されたというのに、未来が開けた気さえする。

「もちろんだ。一緒に頑張ろう。でも、もう小暮さんはやめてほしいな」

「あ……」

私も下の名で呼べと？

照れくさくてたまらないものの、結婚するのにずっと苗字というわけにもいかない。

「呼んでみて」

「……理人、さん」

「はぁ、やっぱり泣くかも、俺」

名前を呼んだだけでこれほど喜ぶとは意外で、頼もしい上司がちょっとかわいく思える。

「って、調子悪いのに舞い上がってごめん。なにやってんだ、俺」

ひとり反省会を始めた彼もまたかわいい。理人さんの知らなかった一面がどんどん見えてきて自然と頬が緩んだ。

「温かいココアを淹れるよ。ポリフェノールが血管を拡張して体を温めてくれるし、鉄分も入ってるから、生理のときにはいいらしいぞ。少し待ってて」

そういえば先日、いきなり彼がココアを買ってきた。好きなのかなと思ったけれど飲む素振りもなくて不思議だったのだ。まさかそこまで調べての買い物だったとは。

私自身より私を理解しようとしてくれている彼に感謝しかない。

その晩はあまり食欲がなかったのに、彼が作ってくれた具だくさんのお味噌汁だけは飲み干した。

ひとりなら痛みにうなって寝ていただけなので、本当にありがたい。

温かいお風呂に浸かったら、随分痛みも和らいできた。

着替えがないからと一旦自宅に戻って再び訪ねてきた理人さんは、会社では見たことがないジャージ姿。それもまた新鮮で、胸がドクンと音を立てる。

「それじゃあ、おやすみ。痛かったらすぐに起こして」

私の首元まで布団をかけて微笑んだ彼は、なんと額に唇を押しつけてくる。

想定外の行為に目を真ん丸にして固まっていると、クスッと笑われた。

でも、もう旦那さまになるんだもんね。それだけでなく、一緒に赤ちゃんをつくるんだもの。

自分を納得させていると、彼は真摯な視線を向けてくる。

「真優、好きだ」

改めての熱い告白に、胸がいっぱいになる。

「必ず幸せにするし、俺も幸せになる」

不妊の可能性があり引け目を感じている私には、〝俺も〟と付け足されたのがうれしい。

「はい」

それから自然と重なった唇は、とびきり甘くて体中をしびれさせた。

「今度こそおやすみ」

「待って」

ソファに行こうとする彼を引き止めてしまい、自分でも驚く。

「痛む？」

「そうじゃなくて……。あのっ、やっぱりソファは狭いし一緒に……。あっ、ここも狭……なんでもないです」

我ながらとんでもない発言だったと撤回する。

けれど、慌てふためく私を笑う彼は「それじゃあ」とベッドに滑り込んできて背中越しにふわりと私を包み込む。

「あたり前だけど、なにもしないから安心して」

「は、はい」

自分から言いだしたのに緊張で体がカチコチだ。

「お腹、触れるよ？」

彼は以前さすってくれたときのように、そっと私のお腹に手を当てた。

「諸説あるけど、手当てっていう言葉は文字通り患部に手を当てて治すことなんだよね。手の温度で温めるという効果もあるとか。今の医学にはとても敵わないけど、昔は聖職者なんかがこうして痛いところに手をかざしたらしいよ」

聖職者に触れてもらえたら治るというのは気持ちの問題なような気もするが、たしかに守られていると感じて安心する。

「聖職者じゃなくて天敵だけどさ」

彼が付け足すので頬が緩む。

その天敵と結婚しようとしているのが信じられない。

「温かいです」

「うん。そのまま目を閉じて。ゆっくりおやすみ」

耳元での優しいささやきに誘《いざな》われるように、スーッと眠りに落ちていった。


翌朝は目を覚ましたときにはすでに理人さんの姿はなく、テーブルにフレンチトーストと温野菜サラダが用意されていた。

「ほんとスパダリ……」

私にはもったいない人だ。

痛みが随分和らいでいたので、もちろん全部お腹に入れた。

「結婚、か……」

それだけでなくいきなり妊活をするのだ。

子宮内膜症の緩和のためとはいえ、あまりにとんとん拍子に、しかも意外な相手と話が進んだので、まだどこか夢見心地だ。かといって、プロポーズを受けたのを後悔しているわけではない。

情熱的な恋に落ちて結婚に至るというケースとは随分違うが、理人さんとならこの先穏やかに温かい家庭を築いていけると思う。

もうパートナーはいらないと思っていた私が、こんなふうに考えているのがとても不思議。

でも、彼の誠実さが私の凍った心を溶かしてくれた。

愛しているから抱きたいだけ

婚約してからも、会社での関係は変わらない。婚約があまりに電撃的で自分でもまだ実感がないのもあり、周囲の人たちには私たちの関係を積極的に話さなかった。

今日は外苑前教室とほかの教室を交流させたいという企画を出したのだが、あっさり却下されて理人さんのデスクに向かった。

「一度試させてください」

「まだ時期尚早だ。福本からそう聞かなかったか？」

聞いたから直談判してるんじゃない。

「聞きました。ですが交流した結果、その児童により合った教育スタイルが発見できるかもしれないじゃないですか」

「それについては納得している。だが、もし外苑前スタイルがいいと児童が押し寄せたら対応できるのか？　ただでさえ外苑前は定員いっぱいなはずだ」

「ですから、新たにもうひとつ教室を立ち上げさせてほしいと一緒に企画書を提出しましたよね」

「だから、その教室を具体的にするのが先だ。子供は大人とは違って待つのが難しいぞ。外苑前スタイルが気に入った児童が、今の教室に笑顔で通い続けられるか？　我慢を強いることになるんだぞ」

鋭い視線で射られて顔がこわばる。その通りで、返す言葉が見つからない。

「椎名は試してみて新しい形式の需要を探ろうとしているんだろうけど、子供相手にそれは無理だ。焦るな。今回は却下」

完璧に考えを読まれている。ぐうの音も出ない。

先日、幼児教室チームにデスクが移ったものの、少し離れたところで仁美が肩を震わせているのが見える。

「天敵だけど結婚するの」と話したら彼女が固まる姿しか想像できなかった。

会社ではバチバチ議論を闘わせているが、家に帰ると別。これからの生活について話し合いの真っ最中だ。

私の部屋で夕食を食べたあと、狭いソファにふたりで座った。

近く理人さんのマンションに引っ越すという話が出ている。結婚するのだからそれに異論はないけれど、彼と夫婦になるのは現実なんだと思い知らされて、実はちょっと緊張している。

ただ、私の悩みを丸ごと抱えてくれる彼との結婚に不安はない。克洋の暴力であんなに悩んだのはなんだったんだと思えるほどの包容力が彼にはあるのだ。

「真優の実家に挨拶に行って、それからうちだな。家には父と、母が亡くなったあと再婚した義理の母と弟がいるんだが、俺の結婚についてあれこれ口出しする家庭じゃないから心配しないで」

弟がいるのは本当なんだ。

「弟さんは、キッズステップにお勤めですか？」

「いや、歳が離れていて、まだ大学生」

「若っ」

それで、会社であまり話題にならないわけか。

「あはは。若いよな。でも、真優はもう俺のものだから浮気するなよ」

いきなり独占欲をあらわにされて、ドクンと心臓が跳ねる。

「しませんよ」

「よろしい」

茶化す彼は目尻を下げて笑う。

こんなふうに笑う人だとは知らなかった。

「それから……内膜症の治療についてだけど、本当に妊娠を試すでいい？」

薬物療法も手術もひと通り勉強して考えた。理人さんはふたりとも赤ちゃんを望んでいるのだから妊娠が一番いいと話していたし、私もそう思う。けれどこうして念を押すのは、そもそも私たちが恋愛の末結ばれたカップルではないからだろう。

妊活を意識してから結婚を考えるという珍しい過程をたどったものの、これからゆっくり彼と恋愛できればいいなと思っている。

「はい」

「自然に任せてもいいし、タイミング法を最初から試してもいい。真優が嫌なら人工授精でも」

嫌というのはセックス？

話しにくいこともきちんと口に出す彼には、誠実に答えたい。

「私たち、始まり方はちょっと普通ではなかったかもしれませんけど……理人さんと夫婦になるからには、できれば心を通わせたい」

本音を漏らすと彼の目が大きくなった。

「俺はもうとっくに受け入れ態勢が整ってるぞ。俺の愛、まだ伝わってない？」

私は首を横に振った。もう十分すぎるほど私に向けられた愛を感じているからだ。

「それじゃあ、真優も俺に愛をくれるってこと？」

「……はい」

照れくさくて目が泳ぐ。でも、彼に惹《ひ》かれていて、だからこそ結婚を承諾したのだと自分で気づいているのだ。

私が肯定の返事をすると、強い力で抱きしめられて目を白黒させる。

「最初は人工授精を外していい？」

「はい」

セックスを承諾したも同然の答えが恥ずかしすぎて、絶対に顔が真っ赤に染まっている。それを隠したくて彼に密着した。

「真優。キス、したい」

耳元で甘くささやかれて心臓が早鐘を打ち始める。

思いきって小さくうなずくと、腕の力を緩めた彼は私の額に自分の額を当てた。

こんなに近い距離で見つめられては、息ができなくなるのに。

「好きだ」

彼は私の顎に手をかけてキスを落とす。柔らかくて熱い唇が重なった瞬間、彼への気持ちを強く自覚して幸福感に包まれた。

きっとうまくいく。妊娠できるかどうかはわからないけど、彼となら楽しく生きていける。

あらゆる可能性について考え、それでも私に求婚してくれた理人さんとなら、つらいことがあっても乗り越えていける。

一旦は離れた唇が再び重なり、今度は舌が口内に入ってくる。ソファに押し倒される形になった私は、夢中になって舌を絡めた。

「ん……」

次は首筋も食《は》まれて声が漏れたが、彼はそこで止まり私を見つめる。

「ごめん。うれしくて抱きつぶしてしまいそうだ。週末、双方の実家に挨拶に行ったら……抱いていい？」

妊活のためでなく、愛の確認のために、だろう。

彼の気持ちをまだ知らなかった頃、愛しあっていないふたりから生まれた子供は幸せなんだろうかと葛藤したが、理想だと思っていた形になりつつある。

「はい」

控えめに承諾すると、少し照れくさそうな彼はもう一度私を強く抱きしめた。

週末。まずは私の実家に顔を出した。

結婚の素振りもなかった私を心配していた両親には、まだ子宮内膜症の話はしないとふたりで決めた。余計な心配をさせたくなかったのだ。

そして理人さんを上司とだけ紹介した。キッズステップの社長のご子息だと知ったら腰を抜かすだろうし、なぜか『継がないかもしれない』と繰り返す理人さんの気持ちを汲んでの配慮だ。

今はそれがどうしてなのか話したがらないけれど、そもそも跡取りだから結婚を決めたわけではないのだし、焦って聞き出すつもりはない。

理人さんが私の体がどうであれ結婚したいと思ってくれたように、彼がこの先どんな道を選んだとしても一緒に歩いていきたいという気持ちが強いのだ。

理人さんが「真優さんを私にください。必ず幸せにします」と頭を下げてくれたとき、感動で目頭が熱くなった。

「どうか娘をお願いします。この子は本当に頑張りやで、でも頑張りすぎて倒れないか心配で」

父がそう口にしたので驚いた。父とはあまり会話もしなくなってしまったが、そんなふうに見守ってくれていたとは。

「はい。仕事で真優さんの頑張りは毎日のように見てまいりました。目標に向かってひた走る彼女には圧倒されますが、時々心配にもなります。ですがこれからは私も伴走して、支えていきたいと思っております」

ハキハキとそして迷いなく話す理人さんに、父も母も満足そうだ。

結婚の挨拶って、こんなに幸せなものなのだろうか。未来をあきらめかけていた私に、こんな日が訪れるとは。

両親と理人さん、双方からの愛を感じられて瞳が潤んだ。


幸せな気持ちいっぱいで実家を訪ねた翌日の日曜日。今度は理人さんの実家にお邪魔した。

ごく普通の一軒家である我が家とは異なり、白亜の城とでも言うべきか、十九世紀のヨーロッパのお城を思わせるようなエレガントな造りは、高級住宅街のこの一帯でも目立っている。

「はぁ……すごい」

想定外の大きさに気圧《けお》されて目を丸くしていると、彼はガレージに車を停めて私を促す。すると、立派な玄関から大きな目が印象的な若い男性が出てきた。

「いらっしゃい」

「久しぶりだな、佑《たすく》」

もしや弟さん？

背は同じように高いがあまり顔が似ていないのは、腹違いの兄弟だからだろう。

「初めまして。佑です。兄がお世話になっているようで」

「いえっ、お世話になっているのは私です。椎名真優と申します」

慌てて頭を下げる。

「きれいな人だね」

「生意気な」

白い歯をこぼすふたりは、どうやらとても仲がよさそうだ。

「兄さん。あの話だけど、俺お断りだから」

「でも……」

なんの話だろう。佑さんはこれを伝えたくて待ち構えていたような気がする。

「今の仕事、嫌いなの？」

「いや、好きだけど……」

「それならいいよね。さ、父さんがお待ちかねだよ」

いつもより歯切れの悪い理人さんを不思議に思いながらも、佑さんに案内されて洋館に足を踏み入れた。

緊張いっぱいでのご両親との対面だったが、社長のお父さまはもちろん、理人さんの義理のお母さまも笑顔で私を迎えてくれた。

こんなに立派な家柄なのだから、ごく普通の家庭で育った私では釣り合わず反対されるのではないかと心配していたので拍子抜けしたくらいだ。

「仕事のできるお嬢さんだと理人から聞いているよ」

「いえっ、とんでもないです。いつも理人さんに突っかかっては倒されているだけで」

緊張しすぎてあまりに正直に話してしまい、しまったと焦る。

「あはは。理人、優しくしてあげなさい」

「仕事は別です」

妥協しない理人さんだからこそキッズステップの未来は明るいと思えるので、今のままでいい。もちろん、企画を却下されたときは、反発心で燃えているのだけれど。

「頑固ですまないね。理人には幸せになってほしいんだ。こんな息子だけど、どうかよろしく」

社長に頭を下げられて恐縮してしまう。

幼い頃に実のお母さまを亡くした理人さんの苦悩を間近で見てきたからこそ、幸せを願う気持ちがより強いのかもしれない。

「ふつつかものですが、どうぞよろしくお願いします」

私も深く一礼すると、ご両親は微笑んでくれた。

挨拶が済んだあとは、お手伝いさんが用意してくれたたくさんの料理を、佑さんも交えて一緒にいただいた。

「理人、少しいいか？」

その後、お父さまが理人さんに声をかける。なにか大事な話があるようだ。

「はい。真優、ちょっと待ってて。佑、真優を俺の部屋に案内してくれ」

「わかった」

快く受け入れてもらえたとはいえ、ひとりでここに残るのは心細いので、理人さんの配慮がありがたい。

私は理人さんと別れて佑さんと二階に向かった。

「素敵なおうちですね」

「俺も気に入ってます。兄もそうだといいんですけど……」

言葉を濁す佑さんに首をひねる。こんなに立派な豪邸を気に入らない理由なんてある？

「兄にとってこの家には、実の母との思い出が詰まっていすぎて、つらいんだと思います」

そうか。お母さまとの楽しい日々だけでなく、亡くなったときの苦しさや悲しさを思い出すのかもしれない。

「その奥の部屋です。……兄から会社の話を聞いてますか？」

佑さんは先導しながら尋ねてくる。

「会社の話とは？」

もしや玄関の前で話していた件？

「継ぐとか継がないとか、そういう話です。多分、父さんと今話しているはず」

それで呼ばれたのか。

「継がないかもしれないとは聞きました。ただ、理人さんの仕事にかける情熱を見ていると、どうしてなのかよくわからなくて」

「理由は聞いてないんですね？」

佑さんは立ち止まって振り返った。

「はい。聞いてはいけないような気がして……」

正直に答えると、彼は少し困ったような顔をしてうなずく。

「椎名さんは兄に継いでほしいですか？」

「……正直に言いますと、どちらでもいいと思うんです。どの道を選んだとしても、理人さんがキッズステップで仕事を続けるというのなら大賛成します。でも、近い将来会社を辞めるつもりなのではないかと感じていて。私はそれが悲しいんです」

あれほどの熱量で仕事に取り組んでいるのに、今の環境を手放そうとしているのがどうしても理解できない。そんな生半可な気持ちで働いているようには見えないのだ。

「そう、ですか。ここは兄が高校を卒業するまで過ごしていた部屋です。適当にくつろいでください」

佑さんがドアを開けてくれたその部屋は、太陽の光が燦々《さんさん》と差し込んでいる。片隅にはデスクとイス、そして大きな本棚があり、あとはソファとベッドが置かれてあった。

「ありがとうございました」

案内してくれたお礼を伝えても、佑さんは出ていこうとせず口を開く。

「あのっ、兄の母の話はお聞きになりました？」

「はい、幼い頃に事故で亡くなられたとか」

「その事故の内容は？」

佑さんの顔が曇り、なにかあると察した私は、彼を見つめて首を横に振る。

「なにか……？」

「実はその事故で兄の母が亡くなったのは、兄をかばったからだそうで」

「え……」

衝撃の事実にしばし思考が固まる。

「でも、兄はただ歩道を歩いていただけでなんの落ち度もなかったと。居眠り運転の犠牲になったんです」

「そんな」

あんまりだ。

お母さまは突然つっこんできた車から理人さんを守ろうとして命を落としたんだ……。

なんて残酷な出来事なのだろう。

「それ以来、兄は自分が公園に行きたいとせがんだから母が事故に遭った。自分のせいで母が亡くなったと思っているようです。母を殺してしまった自分が幸せになんてなるべきじゃないと俺に漏らしたことがあるんです」

理人さんの苦しい胸の内を思うと涙があふれそうになり、なんとかこらえる。

「会社も俺に継げと言います。俺が働くようになるまではつないでおくと」

佑さんの話を聞いて、理人さんが継がないと口にする理由が理解できた。お母さまの命を奪ったという間違った罪悪感でいっぱいの彼は、おそらく小暮家を継ぐ資格がないと思っているのだ。

「でも父は兄の仕事を評価していて、兄に会社を任せたいと考えています。もちろん俺も賛成です。俺、英語に興味があってそれが活かせる仕事に就きたいんです。兄が継ぎたくないのなら考えなければなりませんけど、そうでないなら兄にお願いしたい」

佑さんも理人さんがキッズステップを背負うのを賛成しているのだから、問題は理人さんの心だけだ。

「そんな兄が結婚と言うものだから、ようやく自分の幸せを考えるようになってくれたと家族中大喜びなんですよ。だから、どうか兄をお願いします。ついでに、会社を継ぐように話してみてくれませんか？　椎名さんの言うことなら耳を傾けるんじゃないかと思って」

「話してみます」

私が答えると佑さんは「お願いします」と微笑んでから出ていった。

ソファに座り、窓から晴れ渡る空を見上げる。

理人さんにそんなつらい過去があったとは。

「もしかして……」

以前、『母さんの遺伝子をこの世に残したい』と話していたが、それも長く生きられなかったお母さまへの懺悔《ざんげ》の気持ちがあるからではないだろうか。

私は理人さんに苦しい過去から救い出してもらったのに、彼はまだ過去にとらわれたままなのだ。

どうしたらいいのかなんてわからない。でも、このままでは絶対によくないということだけはわかった。

しばらく呆然と考えていると、ドアが開いて理人さんが入ってきた。

「ひとりにしてごめん」

「いえ。なんのお話だったんですか？」

わかっているけど、あえて問う。

「うん……」

彼は私の隣に腰を下ろして天井を見上げた。こういう仕草をするときは考え事をしている証拠だ。

「……実は佑に会社を継がせてほしいと頼んでいる。佑も卒業まであと一年と少しだ。そろそろ本気で考えてくれと」

「キッズステップを辞めるつもりですか？」

「うん、ごめん」

謝ってほしいわけじゃない。ただ、今の仕事にやりがいを感じているのに自分には継ぐ資格がないと思い込んでいるのだとしたら、それは間違いだと伝えたい。

「理人さんの覚悟ってその程度だったんですか？　惰性で生きるのをやめたんじゃないんですか？」

「えっ？」

あえて強い言葉で話しかけると、彼は眉を上げて驚いている。

「私、理人さんと議論を交わしてやっつけられると悔しくて。でも、理人さんが経営者としてでなく生徒や児童の立場に立って物事を考える姿勢に共感していたんです。先日の外苑前教室の交流の件もそう」

ビジネスとしてしか考えていなければ、子供たちの気持ちなど無視してとりあえず試してみればよかった。でも彼はあの企画を却下した。

もちろん私だって、児童たちがより楽しく学びを得る機会を作りたくての提案だったが、彼のように別の視点から物事を考えられなかったのが論破された原因だ。

「目先の利益だけ考えるなら、私の案を通せばよかったんです。でも理人さんはキッズステップを大切に思っているからこそ反対した。だから私も泣く泣く案を取り下げたのに」

こんなことが言いたいわけじゃない。けれども、自身のキッズステップへの愛に気づいてほしい。

「……うん」

理人さんはあいまいな返事をして黙り込む。

「私、理人さんが作るキッズステップの未来を見たいです」

「真優……」

「いつかお腹に赤ちゃんが来てくれたら、幼児教室に通わせて得意な分野を伸ばしてあげたい」

私は無意識に自分のお腹に触れていた。

どちらかというと妊娠できない確率のほうが高いのではと戦々恐々としていたが、

授かれるように頑張るという強い気持ちが沸き起こる。

「さっき、佑さんにお母さまの事故の話を聞きました」

目を見開き私を見つめる彼は、「そう」と唇を噛みしめた。

「理人さんが自分のせいでと責める気持ちはわからないではありません。でも、お母さまは理人さんの未来を守ってくれたんでしょう？　それなら、理人さんが暗い顔をしてやりたいことを放棄する姿なんて見たくないんじゃないでしょうか」

とっさにかばったお母さまは、理人さんに罪の意識を背負って生きてほしいなんてこれっぽっちも思っていないはず。もし私がお母さまの立場だったら、天国で大切な息子を守れたと誇らしい気持ちでいる気がするのだ。

「まいったな……。論破されそうだ」

「理人さんの後悔は却下です。子供が公園に行きたいと思うのは普通です。〝たくさん遊んでたくさんの刺激を受けて、すくすくと成長してほしい〟というのが、キッズステップ幼児教室の信念ですよね。それを引っ張る理人さんが逆の考えに縛られてどうするんですか」

いつの間にか彼の手を握りしめ、必死に訴えていた。

この件だけは論破したい。どうしても彼を苦しみから救いたい。

「そっか。公園に行きたかったのは悪いことじゃないのか」

こんなに賢い人なのに、あたり前のことがわからなくなるほどお母さまの死が衝撃だったのだろう。目の前で世界で一番大切な人がなんの前触れもなく逝ってしまったのだから、仕方がなかったのかもしれない。

でも、責任を感じるべきではないと気づいて、前に進んでほしい。

「もちろんです。天国のお母さまは、理人さんが楽しく暮らしている姿を見たいはず。キッズステップが嫌いで辞めたいというなら仕方ありませんが、本当は携わりたいのにその資格がないと思っているんだったら……」

感情が高ぶりすぎて涙がこぼれそうになる。

彼の無念や葛藤が痛いほど伝わってきて、冷静ではいられない。

「真優」

言葉が途切れると、彼は私を引き寄せて抱きしめた。

「俺……。母さんを殺しておいて自分が幸せを望むなんて許されないと思ってた。小暮家にとって大切な人の命を奪った自分は邪魔者で、佑に小暮家を任せていなくなりたいと」

私は彼にしがみつき、首を横に振る。

邪魔者だなんて誰も思っていないのに。お父さまも新しいお母さまも、そして佑さんも、理人さんの心の傷を心配しているのよ？

「いなくなるなんて私が許さない。もう苦しまないで。理人さんは自分の思うままに生きていけばいいいんです。それを皆が望んでいます」

もちろん私も。

会社を継ぐのが嫌ならば止めない。でも、あれほど熱心に仕事に取り組んでいるのは、キッズステップを愛している証拠だ。

「真優、ありがとう。お前を好きになってよかった」

背中に回った手に力がこもったとき、彼の頑なな気持ちが溶けていくのを感じた。

双方の両親に結婚を許された私たちは、その翌週の土曜にお母さまの墓前に結婚の報告に行った。

ほんのり木々の葉が赤らみ始めている静かな墓苑の墓石の前で、理人さんはなにも言わずただ首を垂れる。きっと心の中でお母さまと話をしているのだろうなと思い、私は少し離れた場所から見守った。

「真優、おいで」

しばらくして私を呼んだ彼が「彼女と結婚します。幸せになるから安心して」と口にしたとき、彼はようやく苦しみから解放されたのではないかと胸が熱くなった。

翌日の日曜には引っ越しを済ませて、理人さんのマンションで同棲を始めた。

「よろしくお願いします」

「あはは。そんなに硬くならなくても」

妙な緊張感で顔がこわばる私を、彼は笑い飛ばす。そのおかげで表情筋が緩んだ。

部屋に物が少なめなのは、片付けが苦手だからだと言う。仕事も料理もできる完璧人間にも隙があってホッとした。

余っているからと私専用の部屋まで用意してもらい、至れり尽くせりだ。

けれども寝室はひとつで、彼が使っていたダブルのベッドをキングサイズにした。

もちろん妊活を意識してのことだけど、まだキスしかしていないのだからちょっと照れる。

コーヒーを淹れるという彼に続いて、白で統一された広いキッチンに足を踏み入れ、隣に並ぶ。大きなオーブンが目に飛び込んできて、これでなにを作ろうと考えた。

「調味料の類はここ」

彼はコーヒー豆をセットしながら教えてくれる。引き出しには見たことがないような調味料の数々がそろっていて、さすがは料理上手だと感心するばかり。

「これ、なんですか？」

スパイスらしきものが入った瓶を指さして尋ねる。

「これは俺が調合したパスタ用のスパイス。ガーリックや唐辛子、あとはバジルとローズマリー、オレガノ、黒胡椒……となんだっけ？」

私に聞かれてもわからない。でも、自分で作ったとはびっくりだ。

「あぁ、岩塩も入ってる。オリーブオイルとこれさえあればうまいパスタができるし、なんなら肉にまぶして焼いてもいける」

「料理人みたい」

「そう？　今晩食べる？」

「食べます！」

鼻息荒く返すと、彼は肩を震わせている。

いわば交際ゼロ日で結婚を決めた私たちだけど、楽しくやっていけそうだ。

その晩は、その調味料を使ってチキンを焼いてもらい、至福のときを過ごした。

広めのバスタブにお湯をなみなみと注ぎ、甘い香りのバスソルトをたっぷり入れたバスタイムは、同棲初日で肩に力が入っていた私をリラックスさせてくれた。

「お風呂、ありがとうございました」

「うん」

パジャマ姿の彼と一緒にいるのが不思議。でも、家族になるのだという気持ちが高まっていく。

「炭酸水飲む？　疲労回復とか冷え性の改善なんかにも効果があるって」

生理痛がひどい私はもともと冷え性で、夏でも手足の先が冷たくなるのでありがたい。

「はい」

冷蔵庫から出てくるのかと思いきや、さっきなんの道具なのかわからなかったものが炭酸水メーカーだったようで、慣れた手つきで作ってくれた。

「レモン味にしておいた」

レモン味のシロップを入れたそれを、興味津々で眺めていた私に手渡してくる。

「おいしい」

「デトックス効果もあって肌にいいらしいよ。好きに使っていいから」

「うれしい」

笑顔で答えると彼も満足そうにうなずいた。

「俺は真優の笑顔が一番うれしい」

「……はい」

きっとあの事件のあと、暗い顔ばかりしていたんだろうな。これからは笑顔を心がけよう。

ソファに移動して残りの炭酸水を飲んでいると、理人さんはテーブルに婚姻届を広げた。すでに証人の欄には双方の父の名が記されている。

「本当にいい？」

「はい」

挨拶まで済ませたくせにもう一度私の意思を確認する彼は、仕事で即決する姿とはまるで違う。しかし迷っているわけではなく、私への気遣いからだとわかる。

私はコップを置き、彼が署名する姿を少し緊張しながら見つめていた。

理人さんは達筆だ。整った字で自分の名を書き終え、私に万年筆を差し出してくる。

次は私。

心臓をバクバクさせながら名前を書き終わると、彼はしみじみとした様子でそれを手にして見つめ、そのあと私に視線を合わせた。

「これは幸せになる契約書だ」

「はい。よろしくお願いします」

妊活するための契約書をしたためるはずだったのに、生涯にわたる幸福の契約書に代わった。きっと一番いい形に収まったのだ。もちろん、うれしい。

「明日、早速提出しよう」

本当に夫婦になるんだ。まだどこか夢見心地だけれど、きっと彼となら楽しい人生が待っている。

こくんとうなずくと、理人さんは熱い視線を私に向ける。

「真優のおかげだ。今まで誰になにを言われても、俺が母さんを逝かせてしまったという罪悪感から逃れられなかった。だけど、真優に叱られてようやく目が覚めた」

「理人さんはなにも悪くないです。でも、大好きなお母さまが目の前で……苦しかったですよね」

想像するだけで胸が締めつけられる。

「……うん。あのときのショックで、頭から大量の血を流した母さんの姿しか思い浮かばなくなってた。でもこの前真優と話をして、ようやく母さんの笑顔を思い出した」

すぐに完全に立ち直れなくても、いつかお母さまとの素敵な思い出ばかりで満たされるようになればいいな。

「真優と一緒に幸せな家庭を築いて、母さんに自慢したい」

うなずくと、彼は熱い視線を絡ませてくる。その視線を向けられただけで、体が火照りだしたのがわかった。

「真優。抱きたい」

「はい」

激しいキスのあと真新しいベッドに運ばれた私は、理人さんの愛が深すぎて、それに応えられるのかと急に不安になる。

もちろん彼が、私の病気を理解した上でプロポーズしてくれたのはわかっている。けれど、これほど愛情を傾けてもらえても赤ちゃんが来てくれなかったら……と、どうしても心配だった。理人さんはせっかく前に進みだしたのだ。私が足かせになるわけにはいかない。

「私……」

「どうした?」

「私、理人さんを不幸にしないでしょうか」

自分の人生ならまだしも、大切な人の未来を自分が変えてしまうのではないかと思うと怖い。

「愛した女を自分のものにできるのに、どうして不幸になるの？」

「どうしてって」

どういう意味かわかっているでしょう？

「なにも心配いらない。俺は今、すごく幸せだよ。それに、真優がそばにいてくれるならこれからもずっと幸せだ」

「ほんと、に？」

「ああ。俺が全力で真優を守る。だから安心して」

「……はい」

「愛してる」

優しい言葉に泣きそうになりながらうなずくと、甘いキスが降ってきた。

私の全身を這う彼のしなやかな指に翻弄《ほんろう》されて悶える。

「真優は俺だけのものだ」

情熱的な愛の告白とともに重なる唇は、私を幸せへと導く。

「あぁ……っ」

動きは決して激しくないのに、体の隅々まで堪能するがごとく丁寧に触れられて息も絶え絶えになる。

「敏感なんだね」

「言わ、ないで」

恥ずかしいから。

でも、理人さんに溶かされた体は、ほんの少し触れられるだけでビクッと震える。もう彼を迎え入れるのに十分なほど濡れているのに、愛撫《あいぶ》をやめようとはしない。

「理人さん、もう……」

「まだダメだ。もっと感じて」

「んぁっ」

胸の先端を食まれ刺激を繰り返されると、恥ずかしい声を我慢できなくなる。

「あぁぁっ、理人さん……」

快楽の波に呑み込まれて、ガクガク体を震わせながら彼の名を呼ぶ。

「真優、ずっと一緒だ」

そしてその言葉とともに、ようやく彼が入ってきた。

「ん……」

ひとつになれた喜びで満たされた私は、強い快感に襲われてシーツを強く握る。

「痛くない？」

「大丈夫」

「本当に？」

彼が念を押すのは、子宮内膜症が進むと性交痛が出る人がいると知っているからに違いない。もしかしたら丁寧すぎる愛撫もそれを和らげようとしたのかも。けれども幸い痛みは感じない。それどころか、すごく気持ちいい。

「本当です」

「よかった」

彼は私の頬にそっと触れる。その触れ方があまりに優しくて、なぜだか泣きそうになった。

パートナーから暴力を受けてもう結婚はしないと覚悟し、でも赤ちゃんだけは授かれないかと苦悩した日々。理人さんがその相手になると申し出てくれたのに、子宮内膜症が発覚して地に叩きつけられたかのような衝撃で絶望したあの日。

それらが頭に浮かび、愛をささやかれてひとつになれる今のこの状況が奇跡のように思えてならない。

「真優、どうした？」

「私……理人さんに会えてよかった」

精子提供者になるなんてとんでもない提案から始まった関係だけど、彼の愛は本物だった。

彼は私を縛ろうとするどころか、いちいち意思を確認して最善の道を一緒に探ってくれる。必要ならそばにいるというメッセージを伝え続け、私の病気が発覚したときも躊躇せず支えてくれた。

そんな彼に惹かれるのは必然だったのだ。

「俺もだよ。真優と同じ未来を歩けるのがうれしくてたまらない。なにがあっても離さない」

彼の言葉がうれしくて、首のうしろに腕を回してしがみつく。すると彼も強く抱きしめてくれた。

「理人さん、好き」

「俺も。こんなに誰かを愛おしいと思ったのは初めてだ。でも真優、あんまり煽るな。一晩中つながっていたいのに、すぐにイキそうだ」

一晩中はさすがに無理だろうけど、私も同じ気持ち。心も体も溶けて混ざりあい、彼との境界線がなくなればいいのに――なんて不思議な気持ちになる。

「今日は授かれないかも」

もう排卵日は過ぎている。可能性はゼロではないがおそらく難しい。

「バカだな。そのためだけに抱くんじゃない。真優が愛おしいからだ。気持ちよくない?」

彼がクスッと笑うので、恥ずかしさのあまり目を泳がせる。さっきから何度も絶頂に導かれているからだ。

「俺は気持ちいいよ。最高に気持ちいい。でも、もっと感じて」

耳元で艶やかにささやく彼は、ゆっくり体を動かし始めた。

体の痛みを心配しつつも、ときに激しく私を翻弄した彼は、欲を放ったあとも出ていこうとしない。それどころかすぐに復活して、私はもう一度髪を振り乱す羽目になる。

「あぁっ、そんな……んんっ、ダメ……」

「もう持たない。……はぁっ」

振り絞るような甘いため息をついた彼は、再び私の中で果てた。

こんな、体だけでなく心が震えるようなセックスがあるなんて。避妊しなかったのは初めてで、新たな命が生まれるかもしれない行為だというのもあるのかな。いや、理人さんが惜しみなく私に愛を注いでくれたからだ、きっと。

「あぁ、すごくよかった」

それには同意だけれど、そんな感想をぶつけられてもなんと答えたらいいのか。

黙っていると彼は横に寝そべり、私を腕の中に誘う。

「俺、タイミング法って禁欲してその日を迎えると思ってたんだけど、そうじゃないらしいね」

「そうなんですか？」

いろいろ調べたものの、男性側の事情についてはまだ知らない。

「せいぜい一、二日でいいらしいよ。長く禁欲してると、量は増えるけど質が落ちるんだって。新鮮じゃなくなるってこと」

それは目から鱗だ。

「だから」

彼は意味ありげな笑みを浮かべて私を見つめる。

「だから？」

「毎日しような」

「ま、毎日⁉」

「そ、毎日。排卵日の前日だけは我慢するよ」

そもそも毎日できるものなの？　体が持ちそうにないのは私だけ？

目をぱちくりしていると、彼は不思議そうに首を傾げる。

「嫌？」

「嫌っていうか、そんな体力……」

「大丈夫。俺と一緒に生活するからには、毎日おいしいものを食べてたっぷり睡眠をとって、健康づくりにも励んでもらうから」

いやいや、その睡眠を削るんじゃないの？

「それに、ほどよい運動をして疲れたほうがぐっすり眠れるって」

「え……」

細身なのにどこもかしこも筋肉ムキムキの彼にとっては〝ほどよい〟かもしれないけれど、私はへとへとだ。

しかし、こうして彼に包まれているとぐっすり眠れそうなのは否定しない。実際、生理痛で苦しんでいたときも彼のおかげで随分痛みが軽減したし。

「まずはあまり気負いすぎずに自然に任せてみよう」

理人さんは私のお腹を優しくさすり漏らす。

その〝自然〟が彼にとっては毎日の行為なのが信じられないけれど、もちろん特別な治療なしで授かれたら最高だ。

「はい」

「うん。おやすみ」

私の額に唇を押しつけた彼は、ゆっくりまぶたを下ろした。


それからほぼ毎日体を重ねている私たち。けれども、やはり排卵日が過ぎていたからか生理が来てしまった。

しかし今月は寝込むようなこともなく仕事に励めている。

「却下。こんなに持ったら椎名が倒れる」

仁美につわりの症状が出始めたため、もとは私が受け持っていた彼女の担当先も代わりにフォローしたいと理人さんに申し出たら、相手にしてもらえなかった。

たしかに妊活を本格的に始めた私にとっても大切な時期だ。けれど、いつも助けてくれた友人を放ってはおけない。

「でも仁美が……」

「通信教育部から人員を回してもらえるように手配済みだ。ちょうど育休明けの女性社員がいるから、箕浦の大変さは理解してくれるだろう。彼女はまだ時短勤務だから、しばらくは箕浦とふたりでひとり分の担当を回せばいい」

まさかもう手配済みだとは。

しかも、どちらかというと経営側の人間なのに、『ふたりでひとり分の担当を回せばいい』なんて寛大な決断だ。その口ぶりから、給料を削るわけでもなさそうだし。

妊娠を報告した仁美が、妊娠出産をしても働きやすいよう社内の体制を整えると理人さんが話していたと喜んでいたが、口だけではなかったのが尊敬できる。

「なんだ？」

じっと彼を見ていると、つっこまれてしまった。

「いえ。鬼の目にも涙だなぁと思って」

そんなふうに返すと、彼は口元を押さえて笑いをかみ殺している。

「真面目に働く社員はうちの財産だ。子供ができても働きやすい職場を目指して人事と話し合いを進めている。今回はその一歩なんだ。ほかにも妊娠を希望している社員もいるようだし」

それは私？

「大学受験塾チームは特に夜遅くなる。通信教育部から来る者は両親と同居していて、助けてくれる手があるようだが、そうでないと仕事と育児の両立は難しい。そこをどうするか検討中なんだが……」

フレックス制なので、大学受験塾チームの社員は朝はまずいない。でも育児をしていたらそんな生活リズムは難しいだろう。

「幼児教室チームでお待ちしております」

幼児教室チームならそこまで遅くはならない。保育園に預けて働ける。

「それがいいだろうな。通信教育部も含めて、本人の希望を募る方向で行こうと思ってる。ということで、椎名の意見は却下」

何度も却下と言われなくてもわかるから！

私が眉根を寄せると、彼は頬を緩めた。

おもしろがられている気がする。

「それでは失礼します」

デスクの前から離れようとすると、不意に腕をつかまれた。

「あの件、あとで発表するから」

「し、承知しました」

〝あの件〟とは私たちの結婚のことだ。

妊活をするのなら、結婚はカミングアウトしておいたほうがいいという結論に至った。

不妊治療をするとなると会社を休まなければならない日も出てくるし、もし授かれても仁美のようにつわりで苦しむかもしれない。できるだけ迷惑をかけないように頑張っても、周囲の人たちに助けてもらう場面も出てくるはずだ。

そもそも教育関連の会社なので、妊娠出産、そして育児に理解がある人は多い。でも、助けてもらうのがあたり前だとは思っていないし、頑張ってみて両立が無理だとわかったら退職も考えるつもりだ。

今の私にとって一番大切なのは、理人さんとの間に命を授かり元気に誕生させることだから。

デスクに戻る前に仁美のところに向かう。

「聞こえてた？」

「うん、ありがたいな。でもごめん。私のせいでまたバトッちゃったね」

自分は青白い顔をしているくせして、私の心配をしている。

「全然平気。もう日常の一部だもん」

理人さんと意見を闘わせるのは習慣みたいなものだ。これほどバチバチやり合っているのに結婚しているという不思議な関係なのだけど。

彼女に結婚を知らせたら腰を抜かすだろうな……。

なんていったって、私自身が信じられないんだもの。

十四時を過ぎた頃は一番人が多く出社していて、いよいよ理人さんが立ち上がった。

「そのままでいいから少し耳を傾けてほしい」

彼のひと言で、フロアに響いていたキーボードを叩く音がピタッと止まる。

「人事と相談しているんだが、今後、産休そして育休制度を充実させていく。もちろん、男性も対象なのでどんどん使ってほしい。それでできた穴をどう埋めるかだが、退職者の復職制度を導入する。一旦退職した者は復職できるか不安がある。最初は短時間の勤務で勘を取り戻してもらい、希望があればもう一度正社員として登用する」

そんな計画があるとは知らなかった。

彼はいつも、うちの仕事に精通しているのに出産でキャリアを手放した女性が多くてもったいないと話していた。新卒者を育てるのも必要だけれど、即戦力が来てくれるのはありがたい。

「いいですね、それ」

小学生の女の子を育てている福本さんがうなずいている。

「ありがとう。産休育休だけでなく、女性の生理休暇も導入したいし、男女問わず体調不良のときの業務軽減には取り組んでいく。残った社員に協力を仰ぐケースもあるが、できるだけ人材を増やしてカバーするつもりだ」

残った人の良心をあてにして業務を押しつけるだけなら、この制度はいつか崩壊する。彼はそれがわかっているからこそ、即戦力になる社員の再雇用に踏み切ったのだと思う。

やはり頭が切れる。

「今後も働きやすい職場を目指して動くので、意見があれば率直にぶつけてほしい。それと……」

理人さんが私をチラッと見るので緊張が走る。

「私事ですが、結婚しました」

「え！」

近くにいる女子社員が声を漏らす。彼はいつも注目の的だったので、その反応もうなずけるのだが、その相手が私だと発表したらもっとざわつくだろう。

「椎名」

「は、はいっ」

指名されて起立する。心臓が口から飛び出しそうだ。

私に視線が集中しているのがわかる。でも皆首を傾げているのは、理人さんのお相手としては、〝まさか〟な存在だからに違いない。

「相手は彼女だ。これからもよろしく。以上。業務に戻ってくれ」

理人さんは平然とした顔で指示を出し、座ってパソコンを操作し始めた。

けれども私はあんぐりと口を開けた仲間たちからの好奇の眼差しにつかまり、冷や汗が出る。

「ちょっ、真優」

近づいてきたのは仁美だ。

「天敵婚じゃん」

彼女の漏らしたひと言に噴き出しそうになったものの、皆そう思っているだろう。

「いつの間に……」

「黙っててごめんね。私も半信半疑なうちにとんとん拍子にそういうことになって」

まさにスピード婚だ。まともに付き合ってはいないのだし。

「おめでたいのに謝らないでよ。小暮さん、理解してくれたのよね？」

私のお腹に視線を送る彼女は、不妊の可能性について言及しているのだ。

「うん。全部わかってて、それでもって」

「よかった。ヤダ。妊娠したら涙もろくなっちゃって」

うっすらと目に涙をためる彼女は、「つわりが吹っ飛んだ」と笑う。

「ありがと。これからもよろしく」

「当然」

彼女が差し出した手を握ると、満面の笑みを見せてくれた。


その日は早めに帰宅して、紬にも報告の電話を入れた。

『本当に？　よかった。おめでとう』

仁美と同じように大喜びしてくれた彼女の声が震えている。

『お腹はどう？』

「うん。生理痛がひどくて鎮痛剤は手放せないけど、妊娠で症状の緩和を目指すことにした。授かれるかどうかはわからないけど」

『そっか。一歩ずつだよ、真優。焦らないで。……素敵な出会いがあって本当によかった』
彼女が心から喜んでくれているのが伝わってくる。それを聞き、私も視界が滲んだ。
紬の言葉は、次こそは妊娠しなくてはと気負いすぎていた自分の気持ちに気づかせてくれた。
もちろん早いほうが妊孕性が高いと承知している。だからこそ焦っているのだけれど、それでストレスを抱えたら、できるものもできなくなりそうだ。

結婚の発表後も今までと変わらず理人さんと意見を闘わせている。

「見通しが甘い。もっと練ってこい」

今日は、びっしりと赤字で修正ポイントが書き込まれた新しい教室の計画書を突き返された。

「うーん。結構頑張ってますよ、これ」

「それはわかってる。前の企画書の何倍もいい」

それは褒めているのか、以前の企画書がひどかったと言っているのか。

「鬼ですね」

「鬼で結構」

肩を落としてデスクに戻ると、「ね、本当に結婚してるんだよね？」と福本さんに尋ねられる。

「はい、一応」

「家でもケンカしてるの？」

そう聞きたくなるのはよくわかる。でも不思議なことに、プライベートでのケンカは皆無だ。それどころか、毎晩のように激しく抱かれて愛されていると感じる日々を送っている。

「家ではあまり……」

「あははは。普通、逆よね」

たしかに。

「ふたりのお子さんが楽しみだわ、私」

福本さんの言葉に一瞬顔が引きつった。

もちろんなんの悪気もなく、いやむしろ本当に期待しての発言だろう。ただ、今の私にはプレッシャーでしかない。

自分の心がどんどん狭くなっていくようで自己嫌悪に陥る。

しかも……。

「すみません。ちょっとお手洗いに」

「行ってらっしゃい」

私は足早にトイレに向かった。生理が来たような感覚があったからだ。

「ダメだった」

鮮血を見て落胆した。今月は毎晩のように肌を重ねているので、もしかしたらと期待していたところもあったからだ。

なんとなく朝から体が重く、すでに鎮痛剤を服用している。でももう一錠追加しようと思い、休憩室の自販機に向かった。

「真優」

うしろから声をかけてきたのは理人さんだ。

「会社は椎名でお願いします」

「ごめん、うっかり。これから会議なんだ。お前の企画についてもさりげなく触れてくる」

ダメ出ししたのに、修正すれば採用してくれるということなのかな。

「ありがとうございます」

「顔色悪いね」

彼は私の顎を持ち上げてまじまじと見つめる。

「……生理が来てしまって。ごめんなさい」

正直に打ち明けると、彼は目を見開く。

「真優が謝るのはおかしいぞ。子供はふたりでつくるものなんだから、半分は俺の責任。焦ったらダメだ。赤ちゃんも、そんな暗い顔のママに会いたくないはずだ」

そっか。妊娠すればママになるんだもんね。

理人さんのお母さまが身を挺《てい》して彼を守ったように、私も新しい命を守れるように強くならなくては。

「ごめんなさい。期待しすぎてました」

正直に打ち明けると、彼は近づいてきて私の耳元に口を寄せる。

「いつも濃厚だから？」

そして妙な色香を漂わせた声でささやくから、心臓がドクンと大きな音を立てる。

「ち、違いますよ」

「なんだ。それじゃあもっと濃厚に攻めないと」

え？

「生理痛はひどい？」

「まだ鈍痛です。薬を追加します」

「無理するなよ。そろそろ行かないと。もしひどくなったら早退していいから。体第一だぞ。頑張りすぎる奥さん」

彼は私の肩をポンと叩いて足早に去っていく。

奥さん、か。

まだ実感がないな。

急遽決まった結婚なので、まだ式を挙げていないというのもある。いやそれより、理人さんとそういう関係になったのがいまだに不思議で、まだ夢見心地なのだ。

でも、彼が大げさに落胆する様子がなかったので少し気が楽になった。

紬や仁美と話して焦らないようにしようと思っていたのに、肩に力が入りすぎているみたいだ。

私は反省して、気持ちを切り替えるために大きく深呼吸した。

入籍してから五カ月があっという間に経った。

会社近くの桜並木は淡いピンク色の花びらを楽しませてくれたが、今は青々とした若葉が芽吹き始めている。

「下北沢《しもきたざわ》の新教室ですが、外苑前方式で児童を募集します。場所の確保は目処《めど》がついておりますが講師が足りません」

私が提案した新教室は、外苑前が好調なのもあり重役会議で承認された。承認されるまで企画書を五回も書き直したというなかなかの苦労もあったのだけど。

初めて幼児教室チームで立ち上げから責任者として動くことになり、その会議でプレゼンをしている。

「あと何人？」

「四人は欲しいです。絵画とピアノ、それと体育部門の専任講師は確保できましたが、全体的に児童に目を配れる講師が必要です」

いわば幼稚園の先生的な立場で総合的に児童の教育に携われる人を望んでいる。

「誰でもいいわけじゃないし、もと保育士とか教師とかが最適なんだけどね」

福本さんが口を挟み、うーんとうなりだした。

講師の確保はどの教室でも難航を極める。応募は多数あっても適任者は少ないからだ。

「講師の質は一番重要だ。妥協せずに進めてほしい。椎名はしばらく下北沢に通って面接を多めに担当してくれ。もし講師が確保できなければ規模を縮小してスタートするか、オープンを遅らせる」

「わかりました」

　理人さんが決断を下して会議は終了した。

「あー、戻ってきた」

　会議室から部署に戻ると、仁美が私を呼んでいる。お腹が随分大きくなり、もうすぐ産休に入る彼女は、サポートで入った女性社員の力も借りて無理なく働いている。

「どうしたの？」

「外苑前から電話が入って、次はいつ顔を出す？だって。陸人くんって子が引っ越しちゃうらしくて、真優に会いたがってるとか」

「陸人くんが？」

　引っ込み思案だった彼は絵本好きの友達が多数できて、今は笑顔で教室にやってくる。引っ越してしまうのは残念だけど、講師でもない私に会いたいと言ってくれるのはとてもうれしい。

「なつかれてるみたいね」

「最初に話したからかな。電話入れとく」

　仕事は大変なときも多いが、こうした喜びがあるので楽しくてたまらない。性に合っているせいか、つい講師の手伝いなどをしてしまい、残業になるのもしばしばだ。彼らと一緒に過ごしていると、やはり自分の子が欲しいという欲求が日に日に大きくなるが、私はいまだ授かれずにいた。


その日は早めに業務を終了して、理人さんと一緒に病院に向かった。

診察を受けたあと、彼も呼ばれて結果を聞く。

「子宮内膜症はステージ2で変わってないですね。生理痛は相変わらずということで」

「はい。予防的に鎮痛剤を使うようになったら耐えられるようになってきました」

「そうですか。でも、痛みを抑えているだけで内膜症が改善してるわけじゃないから」

先生は眉をひそめる。

鎮痛剤に頼る治療には進行を食い止める効果がない。薬を使うなら、いずれホルモン療法などを選択しなければならない。

「避妊しなければ半年で七割程度が妊娠します。まだ不妊と決まったわけではありませんけど、小暮さんの場合、子宮内膜症の治療の一環だと考えると妊娠は早いほうがいいですね。タイミング法を試してみますか?」

「お願いします」

私より理人さんが先に返事をする。

タイミング法は排卵日に合わせて行為をする方法で、体に大きな負担をかけずにできるのも即答した理由だと思う。

「わかりました。奥さまの卵管に異常がないか卵管造影検査をしておいたほうがいいですね」

先生がそう言ったとき、仁美の顔を思い浮かべて顔がゆがんだ。たしか相当つらい検査だと話していたはず。

「大変な検査なんでしょうか？」

「痛みを感じる方も少なからずいらっしゃいますね。ただ、鎮痛剤や子宮の緊張を和らげるお薬を使いますし、痛みの感じ方には個人差があります」

怖くないと言ったら嘘になるけれど、仁美はこの検査で卵管の通りがよくなり妊娠したはずだ。乗り越えなくては。

隣の理人さんが心配げに私を見つめる。

「わかりました」

私は覚悟を決めてうなずいた。

「その結果、卵管の閉塞や狭窄が認められればそれを通す手術を先にしましょう。これは外来でできますし、麻酔を使いますので心配なさらず」

「はい」

先生も私の顔が引きつっているのに気づいたのかもしれない。笑顔で諭すように話す。

「ただ、自然妊娠にこだわらないのであれば、これはパスして体外受精という手もあります。そのあたりはご夫婦で相談してください」

私も理人さんもうなずいた。いろいろ調べたつもりだったけど、まだ知らないことがたくさんある。

「狭窄等なければタイミング法に移ります。生理十日目の頃に超音波検査を行い、卵胞の大きさを測定します。十八ミリ以上になったら血液検査でホルモンの値を測定しますね。それで排卵日が予想できますので、指定した日に行為をお願いします。排卵日の一、二日前くらいにしていただくと妊娠率が高いです」

そんなに細かく決められるとは。大まかに排卵日を予想してセックスをするだけかと思い込んでいた。

「排卵日じゃないんですね」

理人さんが質問すると先生はうなずいた。

「卵子は長くても二十四時間ほどしか寿命がないんです。一方精子は七十二時間程度あります。つまり、精子が先に準備をしておいたほうが受精する確率が上がるんですよ」

「そうなんですか」

理人さんがしきりに感心しているが私も同じ。

改めて自然に赤ちゃんを授かるのはあたり前ではないのだと感じた。

病院からの帰り道。車の中では沈黙が続いた。いよいよ不妊治療に入るという緊張と、これで授かれなかったらという不安が入り乱れて、なにを話していいのかわからないのだ。

「真優」

「えっ？　はい」

ハンドルを操る理人さんに呼ばれてハッと我に返った。

「妊娠にこだわらなくてもいいんだよ。ホルモン療法のほうがよければそれでも」

「違うんです。……段階を踏むごとに妊娠の選択肢が減っていくのが怖くて」

様々な手段を試していくうちに妊娠できないとわかったときの絶望を想像すると苦

しくなる。

「たしかに。でも、子供を授かるだけが幸せな人生じゃないぞ。不妊治療も真優の体に負担がかかるようになる。逃げ出したいほどつらいのに続けるのは反対だ」

「どうしてですか？　治療に耐えなければ赤ちゃんを授かれないんですよ」

「一番大切なのは真優の体。大切なママに、ボロボロになってまで生んでほしいと思う子はきっといない」

あっ……。

きっと理人さんは、お母さまについて考えている。命をかけてまで守らなくてもよかったと思っているのではないだろうか。

まだ幼かった彼がお母さまに突然会えなくなった苦しみは想像を絶する。しかも目の前で事故に遭ったのだから。

「お母さまは、理人さんを守ったことを絶対に後悔してませんよ」

「真優……」

「でも、理人さんの言う通りですね。新しい命を苦しめたくなんてありません。だから私は元気でいなくちゃ」

「うん」

出産はときに命がけだ。これだけ医療が発達したこの時代でも、命を落とす妊婦はいる。

妊娠がゴールだと錯覚していたかもしれない。もっとその先、子供の成長を見守っていけるように私も健康でいなければ。

「ごめんなさい。子宮内膜症を告知されてからネガティブになってしまって。まだやってみてもいないことで悩んだってしょうがないのに」

私、こんな性格だったっけ?と自分でも思うほど腰が引けている。仕事ならどんな困難もまず突撃してみるタイプなのに。

「いや、大きなショックを受けるとそうなる。俺だって……」

長く苦しんできた彼の言葉には重みがある。

「だけど真優のおかげで、せっかく助けられたのに罪悪感を持っているなんて母さんに失礼だと思えるようになった。だからこれからは必死に生きていきたい。真優と一緒に」

微かに口元を緩める彼は、穏やかな口調で話す。

まだ心に刺さった棘《とげ》がすべて抜けたわけではないのだろうけど、ゆっくり傷が癒えていくといいな。

理人さんのおかげで気持ちが落ち着いたものの、緊張がすっかりなくなるということはない。

卵管造影検査の予約は生理が終わった今日の午前中。仁美が検査のあとは絶対に動けないと言うので、有給休暇を取った。

不妊治療はこうして病院に足しげく通わなくてはならなかったり、卵子採取の折にも痛みが出て働けなかったりで、仕事と両立させるのが大変という声もあるようだ。

理人さんも休みを取ると言っていたが急だったため、大学受験塾チームの講師の面接がどうしても断れなかった。

少し言動に問題がある講師で、リーダーの山田さんでは太刀打ちできず、今日の面接で解雇となる可能性があるのだ。

「終わったらすぐに行くから」

「慌てなくても大丈夫。検査は私がやるんですから」

出勤前、眉間にシワを刻んで私を抱きしめる理人さんに、明るい声で返す。

本当は不安でいっぱいだったけど、そうしなければ彼が会社に行けないだろう。

「ごめんな。代わってやりたい」

先生に話を聞いてから卵管造影検査について調べた彼は、痛みが強い検査だと知っているのだ。

「なに言ってるんですか？　もう行かないと遅れますよ」

私はあえて笑顔で彼の背中を押す。

「うん。それじゃあ、あとで」

彼は私の額にキスを落としてから出社していった。

検査の内容ついては仁美にもリサーチ済み。子宮に管を入れ、造影剤が膣内へ逆流しないように風船を膨らますのだが、そのときがつらいとか。あとは、造影剤を卵管に流し込むとき。仁美はこちらが相当きつかったらしい。途中でギブアップする人もいるような過酷な検査だ。

聞けば聞くほど怖くなったが、痛みには個人差があると信じて覚悟を決めた。

病院に到着したあと、緊張しつつも名前を呼ばれるのを待つ。

「小暮真優さん」

いよいよだ。意を決して中待合に入っていくと看護師さんに笑顔で迎えられた。

「緊張してますよね。痛いと思っていると余計に痛いですよ。痛み止めを使いますからできるだけリラックスしてくださいい」

よほどひどい顔をしていたのか、励まされた。

そしていよいよ検査だ。

「ん……」

痛み止めの座薬を使っているのに、効いている気がしない。始まって早々激しい痛みが襲ってきて顔がゆがむ。

「力抜いて」

先生の指示を聞く余裕なんてまったくない。

体をガチガチに固まらせていると、どうやらカテーテルは入ったようだ。

なんとかなる？

「造影剤入れますね。ちょっと痛いですよ」

しかしここからが本番だ。緊張で呼吸が浅くなり、息が苦しい。

「い……っ」

仁美の話は間違いじゃなかった。あれほどぐったりしてしまう生理痛の何倍も痛い。

「頑張って」

先生は励ましてくれるけど、もう頑張りたくないと思うほどつらい。

なんというか、爪を立てて子宮を握られているような痛みがずっと続き、嫌な汗が噴き出してくる。

「もう終わりますよ」

声も出せずひたすら歯を食いしばっていると、なんとか終わった。

「大丈夫ですか？」

「は、はい」

本当は少しも大丈夫じゃない。全身に力が入らず起き上がれない。

「結果は診察室で。お疲れさまでした」

顔面蒼白になっているだろう私とは対照的に、先生はさわやかに言って出ていった。

ダメージが大きくてなかなか立ち上がれないでいると、看護師さんが着替えまで手伝ってくれた。もはや恥ずかしいとか言ってはいられない。

レントゲン室を出ると、理人さんが待ち構えていて驚く。彼の顔を見た瞬間、安心して涙がこぼれそうになった。

「真優……」

完全に看護師さんに体を預けて抱えられるようにして出てきた私に、彼のほうがびっくりしている。

「旦那さんですね。お願いできますか？」

「もちろんです」

理人さんは看護師さんの代わりに私の脇に手を入れて支えてくれた。

「真優。大丈夫……じゃないな」

「すみません。ちょっと痛くて、脚に力が入らなくて」

本当は〝ちょっと〟どころではないけれど、少しでも安心させたくてそう言った。

ヨレヨレの私を見て彼もわかっているはず。

「なにもしてやれなくてごめんな」

「理人さんが謝らなくても」

私は必死に彼にしがみついて足を前に進め、待合室のイスになんとか座った。

再び呼ばれて診察室に向かったが、検査前と同じように緊張で顔がこわばる。卵管が閉塞していれば新たな治療がオンされるからだ。

「結果ですが、良好です。卵管に少し狭くなっている箇所はありましたけど、今回の検査で通ったんじゃないかな。奥さま、よく頑張られましたね」

「はい。本当に感謝しています」

理人さんがしみじみと漏らすので、なんだか目頭が熱くなる。妊娠出産という大きな人生のイベントにふたりで立ち向かっているのだと感じられたからだ。

私はひとりじゃない。

「実はこの検査のあとしばらくは妊娠率が上がるんですよ。卵管の通りがよくなったり卵管の繊毛が刺激されたりで、ゴールデン期間なんです」

仁美の妊娠もこの検査のすぐあとだった。否応なしに期待が高まる。

「ヒューナーテストもしてみましょう」

ヒューナーテストというのは、性交後検査のこと。文字通り性交後に子宮頚管《けいかん》の粘液を採取して頚管粘液や精子の状態を調べるものだ。

「排卵日の少し前で、午前受診の場合は夜、午後受診でしたら朝、行為をしていただいて来てください」

産婦人科って改めて生々しい。もちろん赤ちゃんを授かるためだし、先生は完全に医学的な立場で検査をしているわけだけど、セックスをしたあとの状態を他人に見せるのだから。

個人情報がと騒がれる時代だけれど、究極の個人情報な気もする。

「わかりました」

理人さんが先生にはっきりと答えた。

まだ歩き方がぎこちなく、駐車場まで抱えられて進む。

「そういえば仕事……」

随分早かったような。

「解雇が決定した。あの講師、面接をすっぽかしたんだ。こんな大切な日にわざわざ出向いたのに」

いつも冷静な理人さんが怒りの形相を見せる。

「そうでしたか」

「そんなことより真優だ。早く家に帰ろう」

「はい」

彼は終始優しく私を労わる。理人さんと夫婦になれて本当によかった。


その日は、頑張ったご褒美にと理人さんが作ってくれたステーキがテーブルに並んだ。もちろんこだわりのソースが絶品だ。レストランを開いてもやっていけるのではないかと思うほどの腕前で、頬が落ちそうになる。

後片付けも風呂掃除も洗濯も全部やってもらい、私はベッドで横たわるだけ。至れり尽くせりでありがたかった。

自分もお風呂を済ませた理人さんは、ベッドに潜り込んできて私を抱き寄せた。

「まだ痛む？」

「随分よくなりましたよ。ステーキ、食べられたじゃないですか」

帰ってきたばかりのときは、なにも食べたくなくて昼食もパスしたけれど、徐々によくなってきた。

「うん。問題なくてよかったな」

私のお腹を優しくさする彼は漏らす。

「はい。ゴールデン期間の間に授かれたらいいな」

「そうだね。でも焦らずいこう」

彼も本当は赤ちゃんを待ち望んでいるだろうに、私を安心させてくれる。

「理人さん」

「どうした？」

胸にくっついて甘えたからか、驚いている。

「私、理人さんと結婚できて幸せ」

パートナーは一生いらないと頑なだった私の心を理人さんが溶かしてくれなければ、出産という目標に向かって走れなかった。

それに、誰かに頼れるという心強さも、苦しいときに受け止めてもらえるという安心感も知らないまま生きていったと思う。

「俺も。真優にはつらい思いをさせてしまうけど、俺と結婚したことは絶対に後悔させないから」

「はい」

後悔なんて絶対にしない。

返事をすると、どちらからともなく唇を重ねる。

「疲れただろ？　ゆっくり寝て体力を回復して」

「はい。おやすみなさい」

私は彼の腕に包まれたまま、まぶたを下ろした。

ヒューナーテストの結果は良好で、私の排卵も確認されたのに、生理が来てしまった。

「はー」

焦らずとは思っていてもため息が出る。

「そんなに落ち込むな。まだチャンスはある」

「そうですね」

理人さんはソファを背もたれにするように床に座り、私をうしろから抱きかかえて優しくお腹をさすってくれる。生理痛がつらいからだ。

「けど、真優ばかりが痛くて申し訳ないな。俺は気持ちいいだけなのに」

「気持ちいいって……」

まあその通りかもしれない。

生理痛に苦しみ、検査が痛いのも私。赤ちゃんを授かっても出産時の陣痛に耐えるのも女だし。

「男は陣痛に耐えられないんだってさ」

「意外と弱いんですね」

「うん。真優は強すぎる。もっと弱音を吐いてくれよ。俺の出番がない」

十分甘えさせてもらっているけれど、たしかに我慢するのに慣れているところもある。生理痛もあたり前になっているので隠して仕事をしていたが、鎮痛剤を飲んでもまだ痛いなんて結構ひどい。

特に今日は、遅くまで下北沢教室で講師の面接をしていたから心配しているのだろう。

「十分助けてもらってますよ。下北沢のオープンを間に合わせたかったのでちょっと頑張りすぎました」

おかげで講師も必要人数確保できて、オープンも延期せずに済みそうだ。

「福本が褒めてたぞ。真優は危なげなく事を運ぶから、手伝う余地もないって。でも、困ったら頼ればいいんだからな」

「ありがとうございます」

福本さんにも評価してもらえたのはうれしい。

「真優。俺……」

そこで言葉を止めたのが不思議で顔をうしろに向けると、真剣な視線が突き刺さる。

深刻な雰囲気に鼓動が速まっていく。

「どうしたんですか？」

私は体ごと彼のほうに向きなおった。

「俺、やっぱりキッズステップを継ごうと思う」

彼の決意に口元が緩む。

「本当に？」

「あぁ。母さんの事故で、俺には小暮家を背負う資格がないとずっと思ってた。だけど間違いだった。母さんは俺を命がけで生んで、事故のときも俺に命を残してくれた。それなのに情けない姿は見せられないと思った」

お母さまの愛が幼い彼には重すぎて、受け止めきれなかったのかもしれない。

でも、その愛は当然のようにそこにあっただけ。お母さまは理人さんを助けなくてはという使命感からではなく、ごく自然に自分が犠牲になる道を選んだのだと思う。

私はまだ母親にはなれていないけど、もし子供ができたらなにも考えず同じ行動をとったはずだから。

私の不妊治療がきっかけで、親が子に注ぐ愛情の深さを理解してくれたとしたらうれしい。

「はい」

「もう逃げないで、佑にも父さんにも話をしようと思う。真優、大変になるかもしれないけどついてきてくれるか」

私はうなずき、彼の胸に飛び込んだ。

「私は継いでほしいと思ってたんですよ。ううん。私だけじゃない。佑さんもお父さまもお義母さまも。そして天国のお母さまも」

私が伝えると、彼は背中に回した手に力を込める。

「ありがとう。俺、必死に生きる。真優のためにも」

「はい」

彼の心が過去の出来事から解放されて前を向いてくれてよかった。ふたりでゆっくり進んでいこう。

一歩進んで二歩下がる　Ｓｉｄｅ理人

卵管造影検査を終えた真優の顔に血の気がなくてかなり焦った。痛い検査だとは知っていたけど、これほど負担が大きいとは。

不妊治療でも俺にできるのはせいぜい精液検査くらいで、あとは真優にすべての負担がかかる。

そりゃあ、精液検査はかなり緊張した。ご丁寧にアダルトビデオまで用意され、マスターベーションをしてその証拠を提出するのだから、恥ずかしくないわけがない。けれども真優だって内診は恥ずかしいだろうし、それどころか検査には痛みまで伴うのだから、俺の羞恥心《しゅうちしん》くらいどうということはない。

子供が欲しいのは本当だ。最初は自分のせいで命を落としたと思っていた母の遺伝子を残したいという気持ちがあったが、真優とかかわっているうちに彼女との間に授かった子をふたりで育てたいという意識に変化していた。

誰の子でもいいわけじゃない。真優の子が欲しくなったのだ。

元カレの暴力で彼女が負った心の傷は深く、忘れればいいのになんて簡単には言えない。しかし、精子提供について調べているところを見かけてしまった俺は、必死に彼女を止めていた。

いつか佑に会社を託すためのつなぎとしてキッズステップで働き、仕事ではそれなりの実績も上げていた。けれども、〝それなり〟であって、決して全力の結果ではなかった。

それが真優が入社してきてから一変した。

彼女は俺がどれだけ企画を蹴っても食らいついてきたのだ。

将来会社を継ぐと思われている俺に向かってはっきり自己主張してくる者は、ほかにはいない。

最初は面倒な社員だなくらいにしか思っていなかったが、提出される企画の内容からはいつも情熱を感じ、そのうち意見を闘わせるのが楽しくなった。

真優がデスクにやってくるたび、どんな意見が聞けるのかワクワクするのだ。

どれだけ頑張っても給料は同じはずなのに、ほかの社員の何倍も生徒に心を砕く姿にすっかり影響を受け、いつの間にか仕事が楽しくてたまらなくなっていた。

ただ、何度父に会社を継ぐように促されても首を縦には振らなかった。

俺は大切な母の命を犠牲にして生き残り、新しい母と弟がいる小暮家にとってはお荷物なのではないかという思いが拭えなかったのだ。

しかし、その気持ちを覆したのも真優だ。

子供はもっと簡単に授かれるものだとばかり思っていた。けれども、子宮内膜症という病気を告知され涙目になりながらも新しい命の誕生を望む真優の姿を見ていると、命をかけるほどの覚悟があるのだなと感じる。

そして真優と同じように、母もそんな気持ちで俺を生んでくれたのではないかと。

だとすれば、たとえ自分が命を落としてしまっても、俺を守ったことに満足しているのではないかと思えた。

生き残った俺の勝手な言い分かもしれないが、俺が親になったらきっと子供に同じ感情を抱くはず。愛する我が子を守るためならこの命をいつでも差し出せる。

そんなことを考えていたら、いつまでも母の死にとらわれて下ばかり向いている自分に嫌気がさした。

このままではダメだ。母の死にかこつけて卑屈になり、会社からも逃げたその先になにがあるんだと思ったら、自分が会社を継いで大きくするという結論に至った。

その決意を真優に伝えると、彼女は感極まった様子で賛成してくれた。

俺には真優が必要だ。彼女と一緒に生きていく未来しか見えない。

「俺、やっぱり会社を継いでいいか？」

真優に決意表明した翌日、佑をベリーヒルズビレッジにあるバーに呼び出して話をした。

ずっと幼いと思っていた佑と、酒を酌み交わしながら話ができるのが感慨深い……って、まるで父親だな。

新しい母ができて佑が生まれたときは、正直、もう小暮家には居場所はないと感じた。けれども父も義理の母も俺を佑以上に大切にしてくれたし、佑もまた〝にいに〟と俺を無邪気に慕った。いつからか〝兄さん〟に呼び方は変わったが。

愛情を傾けてもらえていたのに、壁を作っていたのは俺だった。母を犠牲にした自分に愛を受ける資格はないと思い込んでいたのだ。

家族の深い愛情に気づかせてくれた真優には感謝しかない。

「やっと決意したの？　遅いって」

佑はブランデーをあおりながら笑っている。

「ごめん。お前にも相当迷惑をかけた」

佑に会社を継いでくれと話すたび、彼はほかにやりたいことがあると拒否していた。それは俺への遠慮からだとばかり思っていたが、本当にそうだったのかもしれない。

「迷惑なんてかかってないよ。俺は好きなように生きさせてもらってる。兄さんが継ぐと決めてくれてホッとしてるくらいだよ。けど……」

佑は意味深長な笑みを浮かべて俺をチラッと見る。

「なに？」

「いい人捕まえたんだなと思って」

いい人って、真優のことか？

「は？」

「とぼけちゃって。父さんや俺がどれだけ言っても聞く耳持たなかったくせして。椎名さんにはあっさり説得されるんだもんな」

「説得というわけじゃ……」

たしかに彼女には継ぐように諭されたが、説得より深い〝感化〟ってやつなんだと思う。真優の生き方そのものが俺に大きな影響を与えている。

「この決断は、絶対に兄さんのためになる。椎名さん、兄さんの仕事ぶり褒めてたよ。それに、社長の地位なんてどうでもいいってさ。兄さんが好きな仕事に情熱を注げるならそれでいいって」

真優が？

「それじゃあ、お前が社長やるか？」

「やめてくれよ。有能すぎる社員を持ったポンコツ社長なんて、ダサすぎる」

佑はクスクス笑っている。

「だけど、兄さんの内面をちゃんと理解してる人なんだなって安心した。普通、社長夫人になれるならなりたいものだろ？　そんなことはどうでもいいって口ぶりでびっくりだったよ」

「真優はそういう女なんだ」

兄弟で女の話なんて照れくさい。でも、真優の自慢がしたくてたまらない。

俺、こんな性格だったか？

「のろけてくれる」

ニヤリと笑う佑は「やっと兄さんが腹を割って話してくれた」と漏らす。

「俺さ、兄さんの幸せな顔しか見たくないから。でも椎名さんがそばにいたら大丈夫そうだね」

「ああ」

グラスの中の氷がカランと音を立てて溶けていく。俺のガチガチに凍っていた心も、真優のおかげで溶けつつある。

「まさか兄さんがデレるなんてね」

「いつデレたんだ？」

「鏡見てみなよ。椎名さんの話をしてるときの兄さん、目尻下がりっぱなしだから」

まさか……。

でも、なにをしていても真優の顔がチラつくのは事実だ。

「またふたりで実家に来てよ。歓迎するからさ」

「サンキュ」

真優のおかげで、小暮家での自分の場所まで得られそうだ。

なんて女だ。もちろんいい意味で。


佑と話をした直後に父にも会社を継ぐ意思を伝え、ふたつ返事で承諾された。

イエスの返事を待ち望んでいた父はすぐにでも俺を役員にと焦りを見せたが、それは断った。

俺はまだ真優と一緒に現場で働いていたい。それに、本格的な不妊治療に入り、体に負担がかかっている彼女の姿が確認できる場所にいたかった。

なにもできないが、せめてそばにいて支えたい。

タイミング法を始めてから四カ月。簡単には授からないが、可能性はゼロじゃない。ただ、排卵日前のセックスが真優にとって義務のようになっていると感じられて少し心が痛い。

授かればもちろんうれしいが、俺は純粋に愛しい妻を抱きたいという気持ちが強い。しかし彼女は授からなくてはという気持ちが前に出すぎていて、気持ちよさそうには見えないのだ。

俺の抱き方が悪いのかと心配したけれど、排卵日前のタイミング以外のセックスではとろけるように体が柔らかく、恍惚《こうこつ》の表情を見せる。

つながった瞬間、彼女と一体になるような感覚すら味わえるし、彼女もまた何度も絶頂に達するので、相性が悪いわけでも俺のテクニックが足りないわけでもない気がしている。

大学受験塾チームの会議で少し遅くなったその日。真優は早めに帰宅したはずなのに照明がついていなくて首をひねる。また予定外でどこかの教室に寄っているのだろうか。

彼女は気になることがあると、帰宅途中でもその教室に足を向ける。働きすぎだと止めても気になって眠れないと言うから困ったものだ。

それが真優のいいところでもあるが、夫としてはハラハラし通しだ。

「真優？」

玄関に入り一応彼女の名を呼ぶ。しかしやはり返事はなく、リビングに向かった。

「どこに行ったんだ……」

下北沢か？

下北沢教室は無事にオープンにこぎつけ、大盛況だ。スタッフもてんてこ舞いだと聞いているので、手伝いに行ったのかもしれない。

電気をつけると、膝を抱えてソファに座り込んでいる真優を見つけて緊張が走る。

「真優、どうした？　体調が悪いのか？」

そういえばそろそろ生理のはずだが、生理痛がひどいのだろうか。

慌てて駆け寄り彼女の顔を覗き込むと、目を真っ赤にしているので焦りに焦った。

「どうした？　痛い？」

尋ねると彼女は首を横に振るだけ。

「それならどうした？」

「……ごめんなさい」

「なにが？」

弱々しい真優の声に動揺が走る。

「またダメだった」

その瞬間、大きな目からぽろりと涙がこぼれたのを見て反射的に抱きしめていた。

生理が来て、赤ちゃんを授かれなかったとわかったのだろう。

あの苦しい卵管造影検査のあとのゴールデン期間かつ、今回は妊娠率を上げるために排卵誘発剤も使って挑んだ。処方された注射を自分で何本も打っていたが、吐き気やめまいといった副作用も出てしまい、それに耐えたというのもあって、落胆がより大きかったのかもしれない。

しかもタイミング法では六回目までのチャレンジで妊娠する人が多いらしく、それで無理なら次のステップに進むケースが多いとか。

今回は四回目。残りの回数が着々と減っていくのも真優を不安にさせている要素だろう。

「真優のせいじゃない」

「でも、私の体が……」

子宮内膜症だとわかっているので責任を感じているのだ。

「どちらにも異常がなくても妊娠できないカップルもいると先生が話してただろ？　原因不明の不妊があるって。それに子宮内膜症でも妊娠出産に至ったケースはたくさんある。もしかしたら俺の精子に元気がないのかもしれないし」

原因はひとつとは限らない。

「真優、よく聞いて」

俺は手の力を緩めて彼女の目を見て話す。

「赤ちゃんを授かりたいのは、家族で幸せに暮らしていきたいからだ。不妊治療が原因で真優が追いつめられるなら、やめてもいい」

これは以前にも伝えてあるが、もう一度念を押す。すると彼女は顔をしかめた。

ためらう気持ちはよくわかる。妊孕性の低下という現実がある以上、何年か先にやっぱり赤ちゃんが欲しいと思っても、今より妊娠できる確率が確実に下がるからだ。

「俺は真優が大切だ。真優が笑顔で過ごしてくれるのが一番なんだよ」

「でも、理人さんが赤ちゃんを望むなら、私じゃなくて別の女性《ひと》と……」

「真優！」

少し大きな声を出すと、彼女はビクッと震える。

「まだわからないの？　俺は真優と一緒に生きていきたいんだ。ほかの女となんて考えたこともない。真優とならたとえ子供を授かれなくても後悔しないし、どうしても子供が欲しいなら養子をもらおうと話したじゃないか。俺は真優と幸せな家庭を築きたいだけ」

「……ごめんなさい。ごめんな——」

涙が止まらなくなった彼女をもう一度抱きしめる。

彼女が本気でそう思っているわけじゃないことくらいわかっている。それほど混乱しているのだ。

「大きな声出してごめん。だけど、俺は真優とこうして抱き合っているだけで幸せなんだ。俺は真優と一生一緒に生きていくと決めたんだよ。赤ちゃんを授かれるかどうかは別の話だ」

お願いだから離れようとしないでくれ。俺が嫌いになったのなら仕方がない。でも、そうじゃないだろ？

「真優は俺と別れたいの？　もう一緒にいたくない？」

問うと彼女は腕の中で何度も首を横に振る。

「でも私、どんどん性格が悪くなってる気がして……」

「どうして？　真優はなにも変わってないよ」

しいて言えば神経質になったかもしれないが、断じて性格が悪くなったと感じることはない。

「教室で子供たちと話していても心から笑えなくなっちゃった。それに、仁美から電話がかかってきても出られないの。心配してくれてるってわかってるのに」

真優の告白に驚いた。

無事に出産し育休中の箕浦とは仲がよく、常に切磋琢磨《せっさたくま》しながら働いてきた同志だ。箕浦が不妊に悩んでいたときは相談に乗っていたようだし、妊娠したときも大喜びしたはず。

それなのに、赤ちゃんを抱けた彼女に嫉妬しているんだろうな。

「それは性格が悪いんじゃない。苦しいときは他人の幸せな姿を目に入れたくないものだよ。それが普通だ」

もしかしたら産婦人科に行くたびに妊婦さんを見て同じような感情を抱いているのかもしれない。不妊治療のときの診察室は別だが、どうしたってすれ違う。

「でも、仁美の幸せを喜んであげられないんですよ。私……なんで赤ちゃん生めないんだろう」

彼女は号泣しながら訴えてくる。真優の心が悲鳴をあげていて限界を迎えていると感じる。

「真優……。不妊治療、一旦休憩するか？」

「嫌っ」

できるだけ早く妊娠しなければと焦る気持ちはよくわかるが、このままでは彼女が壊れてしまう。

「落ち着いて。生理が来るたびに落ち込むのはよくわかる。だけど、そんなにピリピリしていたら赤ちゃんも怖くて来てくれないぞ？」

なんて医学的にはまったく根拠もないただの精神論だが、ストレスがかかりすぎているのもよくない。

「……うん」

ようやく落ち着いてきた真優は、俺にギュッとしがみついてくる。

「とりあえず一回だけでも休もう。今月は注射も卵子の確認もしない。でも、俺は抱きたいから毎日でも抱く」

赤ちゃんのためではなく、真優を愛したいから。

「それと、箕浦は真優の心に余裕がないのは理解してくれるはずだ。彼女も不妊で苦しんだんだから」

「そう、かな……」

「箕浦は真優の大切な友達だろ？」

ようやく自分を取り戻してきた彼女は、俺の肩に頭をのせて「うん」と小さな相槌《あいづち》を打つ。

「真優。俺はずっとそばにいる」

「理人さん……」

声を震わせてうなずく彼女を強く抱き寄せると、「お腹が痛いです」とようやく甘えてくれた。

「薬は？」

「飲みました」

「それじゃあ、横になろう」

頑張りすぎなんだよ、真優は。ひとりで全部背負わなくてもいいのに。俺にも半分分けてくれ。

結婚は幸せのために

四回目のタイミング法が空振りに終わったとわかった日。私は自分でもびっくりするほど取り乱してしまった。

もし赤ちゃんを授かれなくても理人さんが私を捨てたりしないとわかっているのに、別の女性と、なんてとんでもない発言をして叱られた。けれども当然だ。彼の愛を疑ったも同然だからだ。

ただ、そんな言葉が口をついて出るほど心が疲弊していた。

幼児教室の仕事も、子供たちの笑い声を聞くのが楽しくてたまらなかったのに、最近はつらい。仁美の妊娠を大喜びしたのに、子供を生んで幸せそうな彼女に嫉妬している自分に気づいて嫌気がさす。

そんな不安定な私を救ってくれたのは、やっぱり理人さんだった。

今月は不妊治療をお休みすると決めたのに、彼は私を丁寧に抱く。

「痛くない?」

「うん。……気持ち、いい」

散々指で、そして舌で溶かされた体は容易に彼を受け入れ、至福のときをもたらした。

「俺も。ずっとこうしてたいな」

彼はひとつになってもすぐに動こうとはせず、何度も情熱的なキスを繰り返す。私も彼の首のうしろに手を回して、夢中になって舌を絡めた。

「もっと」

「もっと？」

「もっと理人さんを感じたい」

恥ずかしかったが本音を漏らすと、「煽ってるの？」と問われて「うん」と返す。

こんな発言をしたことがないからか驚いた様子だったけど、「それじゃあたっぷり」と私を翻弄し始めた。

「んあっ……はっ」

煽ったのを後悔するほど激しく腰を打ちつけられて、髪を振り乱して悶《もだ》える。

「痛くないか？」

「平気。だからもっとメチャクチャにして」

不妊治療を始めてから、彼とのセックスは赤ちゃんを授かるために必要な行為になった。

もちろんつながれるのはうれしかったし気持ちよかったのだけれど、排卵日前になると緊張で体がこわばり、セックスを楽しむ余裕なんてまるでなかった。

まるで機械のように行為をこなし、判決を待つ被告のように生理予定日を緊張して迎える。

不妊治療を始めてまだ間もないのに、そんな日々の繰り返しに少し疲れていた。

でも今月は、生理から何日と指折り数えるものやめたし、セックスも指定された日を気にせずできる。

たったそれだけで全身が敏感になり、もっと彼が欲しくてたまらない。

「よすぎてイキそう」

私を労わってばかりの彼は気持ちいいのだろうかと不安だったが、恍惚の表情を浮かべる彼にホッとする。

「理人さん、キスして」

ねだると、彼は私をまっすぐに見つめてそっと頬に触れる。

「愛してる。誰にも渡さない」

愛の言葉とともに、熱い唇が重なった。

その晩は三度も抱かれた。何度も絶頂に達し彼が最奥で果てるたび、なぜか涙が流れた。

「真優、本当に平気？」

私の目尻の涙を拭う理人さんは心配げに尋ねる。

「平気です。幸せすぎて」

不妊治療で頭がいっぱいで、彼との新婚生活を楽しめていなかった。でも今日は、純粋に彼に抱かれる悦《よろこ》びで満たされた。

「俺も。俺も幸せすぎて怖いくらいだ。ずっと一緒にいような」

彼は私の額に額を当て、頬を緩める。

「大好き」

普段は恥ずかしくて呑み込む言葉も、スルッと口から飛び出す。

「俺のほうが」と笑う彼はそっとキスを落とした。

その翌日。私は仁美に電話をかけて、幸せそうな姿に嫉妬して電話に出られなかったと正直に話して謝罪した。

『バカね。謝ることじゃないでしょ。私の配慮が足りなかった。ごめん』

「違うの。私に余裕がなくて。でも、もし赤ちゃんを授かれなくても小暮さんとずっと生きていく」

何度も理人さんと話をして、彼の意思も確認した。不妊治療をどこまで続けるかまだわからないが、彼の希望は私の体や心が健康でいられなくなるならやめてほしいということだった。

ただ、つらさはできるだけ引き受けるとも言ってくれたので、これからは正直に彼に甘えて不妊治療に取り組みたいと思う。

長く不妊治療を続けている人たちからすれば、タイミング法はまだまだ入口。これから先が長いのだ。

『小暮さん、素敵な旦那さまなんだね』

「うん」

仁美もよく知る上司についてこんな話をするのは照れくさいが、本当のことなので肯定の返事をする。

『全然天敵じゃないじゃん』

「あはは」

『真優。私を思い出すとつらいなら忘れていいから』

「仁美は大切な友達だもん、忘れるわけないでしょ。私、赤ちゃんができないなら小暮さんとはお別れして、彼は別の人と結婚したほうがいいんじゃないかって考えてしまって」

『え！』

仁美は大きな声をあげて驚いている。

「でもそれを話したら、思いきり叱られたの。そうしたら気持ちが楽になった」

最初から私の子だから欲しいと彼は話していたのに、不安や疲れで自分を見失っていた。

『そっか。小暮さんに任せておけば安泰ね』

「うん」

『それで体は大丈夫なの？　生理痛は？』

「薬を飲んでないとちょっとつらい。だけど、前向きに頑張る」

私が決意表明すると、仁美は『応援してる』と励ましてくれる。

電話の向こうから赤ちゃんの泣き声が聞こえてきた。

「チビちゃん泣いてるね。大変なときにごめん。そろそろ切るね」

『真優だって泣いてるじゃない。頑張りすぎないで、小暮さんにちゃんと助けてもらうんだよ』

「ありがと」

彼女の優しい言葉に涙腺が緩んだ。

立ち上げから企画した下北沢教室は評判が評判を呼び、もうすでに定員いっぱい。自由度を高めた幼児教室をいつの間にか〝外苑前方式〟と呼んでいるが、この外苑前方式の幼児教室を増やす方向で動き始めている。

一時は児童が無邪気に笑う姿を見ていると、赤ちゃんを生めない自分が社会から取り残されたような気がして涙がこぼれそうになるとことさえあった。

今思えば、毎月の不妊治療の結果に感情を大きく揺さぶられて、軽い鬱のような状態だったんだと思う。

自分の存在を全否定しそうだったのに、理人さんがどん底から救ってくれた。

たとえ授かれなくても、私には私の人生がある。理人さんがそれでも一緒にいると言ってくれるのだから、ついていくだけ。

彼と一緒ならどんな未来も明るいと思えたらすとんと気持ちが落ち着き、今は子供たちと挨拶を交わすのが楽しみで仕方ない。

もし、赤ちゃんをあきらめる日が来たら、本部ではなく教室の講師に転身してもいいな。そうしたら教室の児童全員を自分の子だと思って育てられる。

今はそんなふうに思えるほど余裕ができた。

「外苑前方式の評判がかなりよくて、他社からも児童がたくさん流れてきています。そこで今後も自由度の高い教室を積極的に増やしていこうと決まりました。それで専門の部門をつくろうと思ってるの。椎名さんにリーダーとして引っ張ってもらいたいんだけど、どうかしら?」

チームの会議で福本さんが私をリーダーに推すので少し驚く。

たしかに最初に成功させたのは私だけど、先輩たちが多数いるのに引っ張るなんて。

「うん、異論なし。そもそも椎名さんが外苑前を成功させたんだし」

男性の先輩が賛成してくれて恐縮だ。

でも……不妊治療をしている今、これ以上忙しくなったら病院に通えなくなる。すごくうれしい話だけど、両立できる自信がまったくない。

「あの……。実は私、不妊治療をしていまして」

理人さんにはいつ打ち明けても構わないと言われているので、思いきって口にした。

するとチームの皆の視線が突き刺さり、胸が痛い。

「そうだったの？　早く言ってくれればよかったのに。それなら椎名さんの仕事を皆でフォローするわよ」

福本さんの言葉に目を瞠る。バリバリ働けない私なんてお荷物なんじゃないかと思っていたのに。

「そうだね。不妊治療は女性の体に負担がかかるって聞いたし、休みがとりやすいようにバックアップしよう。まずは外苑前方式をもっと勉強しないと。椎名さん、教えてくれる？」

男性社員までが優しくて、感激の涙がにじむ。

「皆さん……」

「あれ、どうしたの？　ただでさえ少子化が進んでるんだから、子供を生みたいという人は歓迎すべきよ。子供はキッズステップの宝なんだから」

福本さんがさらに背中を押してくれる。

「これ以上仕事が増えるのは嫌です」

そんな中、ぼそりと漏らしたのは一番若い田村《たむら》さん。彼女は大学卒業後、すぐに幼児教室チームに配属になった、まだ一年目の女性社員だ。

「田村さん！」

福本さんがたしなめてくれるも、こういう意見が出てもおかしくはない。

「もちろん、皆さんにご迷惑はかけないようにできる限り努力します。ですが、外苑前方式を引っ張るというお仕事は、今は少し負担で……」

誰かに私の仕事を押しつけようとは思っていない。ただ、もし妊娠が叶えば産休や育休も取るわけで。そんな状況で責任ある立場には立てない。

女性が仕事と妊娠出産を両立させるのがこんなに難しいとは知らなかった。

「うーん。能力があるのにもったいないなぁ。ちょっと小暮さんと相談させて」

福本さんが一旦話を打ち切った。彼女自身もお母さんをしているが、二十五歳くらいで生んでスムーズに仕事復帰もしたらしい。

授かることだけでなく、仕事を続けるなら生むタイミングも難しい。

不妊治療で頭がいっぱいだったが、仕事の継続でも悩まなければならないのか。

といっても、授かるかどうかわからない状態で退職なんて選べない。経済的には困らないだろうけど、ひとりで家にいても苦しいだけ。しかも私はこの仕事が好きで辞めたくないと思っているし。

「それじゃあ次。浅草《あさくさ》教室の件だけど——」

福本さんは話を進めた。

「福本から聞いたよ」

その晩。遅くまで教室で打ち合わせをしていた私は、迎えに来てくれた理人さんの車に乗り込んだ。

「はい。リーダーに名前を挙げてもらえるなんて光栄なんですけど」

「俺もリーダーは真優が適任だと思う。ただ夫としては、働きすぎなのが心配だ」

生理痛や不妊治療で苦しむ私の姿を目の当たりにしているので当然だろう。

「教育関係の会社なのに、女性の社会進出を妨げるのもどうかと福本と話している」

そんな大きな話になってるの？

「なんだか私のせいでごめんなさい」

「どうして真優のせいなんだ？　問題提起になってよかったと思ってる。能力のある社員が辞めていくのは会社にとっても損失だからね」

「能力があると認めてくれるんですか？　あんなに企画を却下するのに？」

つっこむと彼はクスッと笑う。

「骨のある部下には厳しくなるんだ」

「そんな厳しさいりません！」

口をとがらせて反論すると、彼はおかしそうに白い歯を見せる。

でも、この厳しさがあったからこそ外苑前方式が成功して、リーダーにと声をかけてもらえるまでになった。

何度眉間にシワを寄せたか覚えてないくらいだが、闘争心に火をつけられた結果、成長できたんだと思っている。

「俺としては真優をリーダーに就任させたい。その上で休暇で欠ける時間は、退職者の再雇用制度を利用して埋める。書類作成や電話対応、既存の教室のフォローなんかはその人にやってもらって、真優は外苑前方式の新教室設立にだけ集中できるようにする」

「でも……」

「男女問わず、能力が高い者より低い者が昇進していくのは組織としてはおかしい。そんな会社はいつか破綻する。福本はフレックス制をうまく利用して子育てができている。もちろん簡単じゃないのはわかっているが、出産と仕事は両立できる。いや、そうでないとおかしい」

もし赤ちゃんを授かったら、理人さんは育児に全面的に協力してくれるだろう。率先して育児休暇も取得しそうだし。こんな旦那さまであれば働き続けられるのかもしれない。

「そっか……。もっと頑張らないと」

漏らすと、彼はハンドルを操りながら首を横に振っている。

「真優は頑張りすぎだからもう十分だ。福本に、奥さんを働かせすぎって叱られた」

「え！」

「返す言葉がなくてしゅんとしてたら、小暮さんも椎名さんには弱いんですね、だって。これまた図星で苦笑い」

どんな話をしているの？

「私に弱くなんてないでしょう？」

「弱いよ。絶対嫌われたくないし」

絶対嫌われたくないって、私に夢中みたいじゃない。

赤信号でブレーキを踏んだ彼は、私を見つめて再び口を開く。

「真優がいないと生きていけない」

低いトーンで告白されて、鼓動がたちまち速くなる。

「そんな……」

「男を振り回す悪い女だ」

「わ、私？」

「そう、私」

彼は目を細めて微笑み、私の頭を引き寄せて甘いキスを落とした。


薄花色の澄んだ空が広がる十一月のよき日。

赤地に二羽の鶴や牡丹《ぼたん》が描かれた艶やかな色打掛を纏《まと》い、結婚式を挙げた。

結婚と同時に妊娠を希望していたため挙式は授かってからでもと話していたが、理人さんが挙げようと言いだし、急遽神社に引き受けてもらったのだ。

彼がそう提案したのは、妊活で頭がいっぱいだった私に、私たちの結婚はそのためだけにするのではないとわからせたかったからのような気がしている。

真っ赤な紅《べに》を引かれた唇は緊張で少し震えるけれど、大きく深呼吸して気持ちを落ち着ける。

「本当におきれいで」

「ありがとうございます」

メイクの担当者が感嘆のため息を漏らしながら褒めてくれる。社交辞令だとわかっていても少し照れくさい。

「さあ、できましたよ。旦那さまがお待ちかねです」

差し出された手を握り立ち上がると、着物の重さに驚きつつも気が引き締まる。

控室の外には理人さんが待ち構えていた。

彼も黒羽二重《くろはぶたえ》五つ紋付きの長着と羽織、そして仙台平《せんだいひら》の袴を纏っていて、いつものスリーピース姿と同様に完璧に着こなしている。

「真優……」

黒目がちな切れ長の目を私に向けた彼は、名を呼んだだけで黙り込む。

その反応はなんなんだろう。似合ってない？

一歩二歩、歩み寄ってきた彼は緩やかに口の端を上げる。

「きれいだ」

「ありがとう、ございます」

まさか、犬猿の仲だとか天敵だとか揶揄されていた上司とこんなよき日を迎えられるなんて不思議ではあるけれど、喜びで胸がいっぱいだ。

「緊張してる？」

「は、はい」

「実は俺も」

威風堂々としている彼はそうは見えないのに。

「真優を妻に迎えられて幸せだ。行こうか」

私よりずっと大きな手を差し出されて手を重ねる。

ゆるりと進み外に出ると、待ち構えていた参列者から拍手が沸き起こった。互いの家族や会社の関係者、そして急だったものの仁美や紬も子供を旦那さんに預けて出席してくれた。

私は絶対に幸せになれる。

不妊治療に心が折れそうになり取り乱しもしたけれど、彼が受け止めてくれたおかげで明るい未来が見える。

「こちらにお願いします」

いよいよ参進《さんしん》の儀が始まる。神職、巫女《みこ》に続いて立つと、私たちのうしろには参列者が続く。

かざされた朱色の唐傘には魔除けの意味もあるらしく、私たちふたりを災いから守ってくれるという。

横笛や笙《しょう》の格調高い調べが響き渡る中、ゆっくり足を進める。緊張で息が苦しいほどだったが、時折私に視線を送り微笑む理人さんのおかげで次第に落ち着いてきた。

向かう神殿は私たちの未来の象徴。これから新しい未来に向かって飛び込むのだ。

理人さんと一緒に。

厳かな雰囲気の中、修祓《しゅばつ》の儀で身を清めてもらい、祝詞《のりと》奏上へと続く。

理人さんと杯を交わしたあとは誓詞《せいし》奏上だ。これは私たちふたりの誓いの言葉だが、彼に読み上げてもらう。

「今日の吉日《よきひ》に私どもは御神前で夫婦の契りを結び合い――」

静寂漂うこの場に彼の凛《りん》とした声が響き渡った。低めで渋い声は、いつ聞いても心地いい。

最後に私が自分の名前を添えると、理人さんは私と目を合わせて口角を上げる。

この先、赤ちゃんを授かれても授かれなくても、きっとうまくやれる。

私は彼に微笑み返した。


結婚式を挙げてから、私の気持ちは完全に落ち着いた。

仕事では、福本さんや理人さんに助けてもらいながら、外苑前方式のチームでリーダーとして働いている。

田村さんは苦い顔をしていたが、「あなたも出産を考えるようになったらわかるわ」と福本さんに諭されていた。

もちろん甘えられるのをあたり前だとは思っていない。再雇用制度を利用して幼児教室チームにひとり採用し、仕事を回していく予定だ。すでに大学受験塾チームでは仁美のサポートをしていた人が完全に復職し、戦力となり働いている。

「それでは、新しい教室の候補地を決めていきます。まず幼児の人数からして――」

福本さんも立ち会いの下、四人で発足した新チームでの会議を始めた。うまく回り始めたら人数を増やすと聞いている。

実は今朝、生理が来てしまった。挙式後に改めてタイミング法を試したがうまくいかなかったのだ。

理人さんに伝えたら、なにも言わずに優しく抱きしめてくれた。彼は私の無念を一番わかってくれる人だから言葉なんていらなかった。

次の段階の人工授精に進みたいと話したら彼はふたつ返事だった。今度は理人さんも精子を提出しなければならないが、進んで精液検査を受けてくれたくらいなので即答してもらえると思っていた。

妊孕性を考えれば焦りがまったくないといったら嘘になる。けれど、焦っても取り乱しても結果が変わるわけではないと考えられるようになった。気持ちが安定したのはもちろん理人さんのおかげだ。

会議はすぐ終了して、ほかのメンバーと手分けして候補地の視察に出かけることになった。周辺の治安や道路の状況などを知るのも大切なのだ。

「行ってきます」

生理中なので下腹部が重い。薬は飲んでいるが鈍痛がある。でも、できる限り頑張りたい。

ビルの玄関で「椎名」と呼び止められて振り向く。この声は理人さんだ。

彼は私の腕を引き、人気《ひとけ》のない階段の踊り場に向かった。

「お腹、大丈夫か？」

まさかそれを聞くために抜けてきたの？　私が部署を出るときは山田さんにつかまっていたのに。

「はい。もう少しあとでお薬追加します。私は平気ですからお仕事に戻って――」

「甘えるって約束しただろ。お前ひとりに頑張らせたくない」

彼はきっと過保護だ。けれど、それがこんなにうれしい。

「そうでした。ちょっと痛いです。でも仕事はなんとかなりそう。帰ったらおいしいご飯が食べたいな」

早く横になりたいので、夕飯づくりを甘えてしまおう。

「了解。なにがいい？」

「うーん。煮込みハンバーグ」

「わかった。それじゃあ、行ってらっしゃい」

微笑む彼は、あっという間に私を抱き寄せてキスを落とす。

「えっ、ちょっ……」

会社でしょ？

「まずいな、秘密のキスって興奮する。オフィスラブの醍醐《だいご》味《み》ってやつだ、これ」

目を白黒させている私とは対照的にニヤリと笑う彼の発言に、耳まで熱くなる。

「会社ではやめてください」

「真っ赤な顔してかわいい」

私の抗議なんてどこ吹く風。頬を指でつつかれて、ますます赤くなりそうだ。

「も、もう、行ってきます！」

「うん。つらくなったらすぐに電話して」

「はい」

ありがたいな。

自分の子は欲しいけどパートナーはいらない、ひとりで生きていく——と決めていた私が、理人さんをはじめとして周りの人に助けてもらいながら前に進める。思いがけず子宮内膜症、そして不妊が発覚してしまったが、今はとても充実している。

「赤ちゃん、来てくれないかな」

私は自分のお腹を押さえてつぶやく。

簡単には授かれないという現実にぶつかり、落ち込みはするけれど、私の気持ちは前に向いている。

いつか赤ちゃんをあきらめる日が来たとしても、理人さんとの楽しい生活を思い浮かべられるようになった。

そんな自分がちょっと好きだ。


リーダーとして忙しく働きつつも、仕事を少し抜けて病院に行ったりと、理解ある仲間たちのおかげで不妊治療も続けている。

そして、タイミング法を五回で切り上げて、初めての人工授精。

排卵予定日の前日、理人さんと一緒に病院を訪れた。

人工授精にも何種類かあるようだが、私たちが今回試すのは〝子宮腔内人工授精〟というわりと一般的なもの。元気な精子を選び、カテーテルで子宮腔内に直接入れる。

セックスでは子宮の入口までしか精子を運べないが、この治療では子宮内に直接注入できる。とはいえ、タイミング法に比べて少し妊娠する確率が上がるものの、体外受精ほどの効果はないと言われている。

ただ、自然な妊娠に近い形になるので、まずはこの方法を試すのだ。

子宮内膜症の人は、排卵誘発剤を使って排卵の数を増やしての人工授精が有効だとも言われているため少し期待しているが、気持ちが暴走しないように気をつけている。ダメだったときの落胆が大きくなるからだ。

この人工授精も六回が目安らしい。人工授精で妊娠したカップルの九割が六回目までに妊娠しているというのがその理由で、なんとかそれまでに授かりたい。

今日は病院に来る前に、理人さんの精子を採取してきてある。『真優とのセックスを思い浮かべながら頑張る』なんて、ちょっと濃厚なキスをされてあたふたさせられたが、専用の容器を前にしてのひとりでの行為は気持ちが盛り上がらずなかなか大変だとか。

それでも無事に採取して、看護師さんに手渡した。

元気のいい精子ばかりを選び受精率を上げるために、私の体に注入する前に精子を洗浄し、濃縮する。

その作業が終わり診察室に呼ばれた頃、理人さんに電話が入り会社に行かなくてはならなくなった。

「ごめんな」

「今日は痛くないですから大丈夫です。私も午後には出社します」

理人さんは申し訳なさそうな顔をするが、今日だって私が精子を持ってくれれば済んだのに一緒に来てくれた。それで十分だ。

「うん。無理はしないで」

「はい」

彼と別れたあとすぐに処置してもらったが、特に痛みもなくあっという間に終わった。

「いい旦那さんですね。子供は欲しいけど不妊治療は奥さんに任せっぱなしという方も多いんですよ。たしかに女性中心の治療にはなりますけど、小暮さんの旦那さんみたいに精神的な支えにはなれるのにね」

先生が理人さんを褒めるのがうれしい。

「はい。主人がいるから頑張れます」

「成功するといいですね」

不妊治療を始めてから先生と笑顔で話せたのは初めてかもしれない。休憩を挟んでよかった。


人工受精に進んでも簡単には授かれない。三度目のトライも空振りに終わり生理が来てしまった。

「小暮さん、少し早いですが体外受精に移りませんか？　子宮内膜症のほうも心配ですし」

先生にさらに次の段階を提示され、どんどん治療が限られていくとショックで眉をひそめる。しかも、ゴールデン期間も経過してしまったため、本当に妊娠できるのかという不安がまた襲ってくる。

「真優、どうする？　つらかったら子宮内膜症の治療に切り替えよう」

「赤ちゃん欲しいの」

まだ断念したくない。

自分でお腹に注射を打ったり、頻繁に病院に通ったりと負担は大きい。前向きに頑張ろうと気持ちを切り替えた今でも、生理が来るたびにどうしても顔が険しくなる。でも、ここであきらめたら永遠に我が子を抱けない。

「わかった」

理人さんは心配げに私を見つめ、先生に「お願いします」と頭を下げた。

なかなか授かれず気持ちは沈むものの、家に帰って彼に優しく抱きしめられているうちに少しずつ浮上してきた。

「ごめんなさい。私……面倒な性格ですね」

「どこが？　授かれなかったとわかって喜ぶ人はいないだろ？」

それもそうだ。

「注射も検査も真優ばかりに負担をかけて、ごめんな」

彼は私の髪を優しく撫でながら謝る。

「ううん、私が頑張りたいんだから当然です」

「俺も頑張りたいけどなにもできないじゃないか」

私が落ち込むたび、彼の胸も痛んでいるのかもしれない。

「それじゃあ、もっと甘やかしてください」

理人さんの体に身をゆだねると、彼の眼差しが一層優しくなる。

「喜んで。希望があればなんなりと」

もう十分すぎるほど甘やかしてもらっているし、不妊治療も他人事ではなくしっかり向き合ってくれる。私から見れば満点の旦那さまだけど、彼はもっと手伝いたいのにできることがなくてもどかしいのだろう。

「今度のお休み、アイス食べに行きたいな」

「アイス？　そんなのでいいの？」

「外苑前教室の近くにできたショップのキャラメルアイスがすごくおいしいって講師の人から聞いたんです。絶対に行かないと」

テンション高めに言うと、彼は白い歯を見せる。

「かわいいおねだりだな。買い占めるか」

今日はへこんだけれど、こうして笑顔になれた。やはり理人さんの存在は偉大だ。

再び不妊治療のための注射が始まった。最初は自分で刺すなんてと腰が引けていたけれど、慣れてくるとためらいなくブスッといける。理人さんのほうがしかめっ面をするくらいだ。

体外受精という新しいステップに進んでもうまくいく保証はない。きっと生理が来たらまたへこむだろう。でも、できるだけ笑顔で過ごそうと決めた。

初めての体外受精は少し緊張した。過剰に期待しないでおこうと気持ちを抑えようとしてもやっぱり無理だ。

今度こそは、お願い！と胸の中で強く願う。

私と同じように不妊治療に挑んでいる人たちは、きっと同じような感情を抱いているに違いない。

精子や卵子の状態によって顕微授精を選択するかもしれないと言われていたが、今回は体外受精となり、受精後二日でお腹に移植した。あとは着床率を高める黄体ホルモン剤を服用して待つだけだ。

胚移植後十四日、妊娠判定日を迎えた。今日は血液検査をしてもらう予定だ。

フレックス制を利用して、朝一番で理人さんと一緒に病院に向かい、緊張しながら結果を待った。

いよいよ診察室に呼ばれて足を踏み入れると、先生が検査データに目を通している。

一瞬口角が上がったのは気のせい？

「小暮さん。おめでとうございます」

先生の言葉に頭が真っ白になり、なにも言葉が出てこない。

私、妊娠したの？

「先生、赤ちゃんが？」

唖然としている私の代わりに理人さんが尋ねると、先生は満面の笑みを浮かべた。

「はい。妊娠されてますよ。よかったですね」

「赤ちゃん、来てくれた……」

お腹にそっと手をやり、喜びを噛みしめる。

先生の前なのに恥ずかしいほど涙があふれてきて止まらない。

「よかった」

理人さんの声も微かに震えていた。

「本当によかったですね。でも、まだこれからですよ。せっかく授かった命ですから大切に育てましょうね」

「はい」

ようやく授かれたとはいえ、流産などのリスクがあるのはもちろんわかっている。

これはゴールではなくスタートなのだ。

「不妊治療に積極的でない旦那さんにはひと言物申して、妊娠生活を支えてもらえるようにお願いしてるんですけど、小暮さんの旦那さんには必要ないですね」

先生が理人さんに視線を移して微笑む。

「本当ですか？　私にできることをもっと教えてください」

「それでは、今まで以上に奥さまを大切にしてください。不妊治療をされた方は、赤ちゃんを授かれるのがあたり前ではないとわかっていらっしゃいますから、赤ちゃんを気にかけることはできるんです。でも、大変な思いをしてお腹で育てるママを気遣えないパパが多くて」

理人さんが食いつくと、先生は付け足す。

「まあ、それも心配なさそうですかね」

次に先生は私に問いかけてクスッと笑う。

もう十分すぎるほど大切にしてもらっているから。理人さんはお腹の赤ちゃんも私も、全力で守ってくれる。

疑うことなくそう思える彼と未来を歩いていけるのが、本当に幸せ。

「頑張ります」

理人さんは私の顔を見て白い歯を見せた。

会計を済ませて駐車場で車に乗り込むと、止まっていたはずの涙が再びあふれてきてハンカチで拭う。

なんだか夢みたいだ。

運転席から身を乗り出してきた彼は、私をそっと抱きしめる。

「理人さん……ありがとう」

「お礼を言うのは俺だよ。よく頑張った」

彼が赤ちゃんを望む私に気づいて声をかけてくれなければ、こんな幸福は知らないままだった。結婚も出産もあきらめて孤独な人生を歩いていたかもしれない。

完全に涙腺が崩壊して彼のシャツが涙で濡れてしまう。けれども止まらない。

「真優」

手の力を緩めた彼の瞳からも涙がこぼれている。理人さんが泣くところなんて初めて見た。

「一生大切にする」

彼は泣き笑いの表情になって、私の唇をふさいだ。

エピローグ

仕事を引き継いで産休に入った私は、大きくなったお腹に毎日話しかけている。

「もう出てきてもいいよ。パパもママもいつでも歓迎するからね」

理人さんは妊娠がわかった日から出産に関する本を片っ端から読み込み、献身的に支えてくれた。

妊娠発覚後すぐにつわりが始まり、三カ月ほどはまともに食べられずに苦しんだものの、彼はかんきつ類を使ったゼリーをせっせと作って食べさせてくれた。それだけでなく、つわりが終わってもきちんと栄養管理をした食事を頻繁に作ってくれた。

つわりをきっかけに、これほど赤ちゃんを望んだくせして私に育てられるのだろうかとたまらなく不安になり、気がつけば泣いていた。

それでも仕事中は気を張っているせいか、いつもと変わらず順調そのもの。その一方で夜は眠れず、無事に出産までたどり着けるのか疑心暗鬼に陥った。

それがマタニティブルーだといち早く気づいたのも理人さんで、『ホルモンバランスが崩れているから悲しいだけだ』と私を安心させた。

しかもマタニティブルーのどん底にいた二週間ほどは、家事の一切を理人さんが引き受け、時間があれば抱きしめてくれていた。

『大丈夫。真優と赤ちゃんは俺が守る。なにも心配いらない』と何度も諭され、気持ちが落ち着いたのを覚えている。

彼は妊娠や出産、そして育児で体を酷使したり時間を取られたりするのが女性のほうだとよく理解している。理人さんがいくら一緒に奮闘してくれるといっても、やはり私にしかできないことが多いのが現実だ。

それを覚悟で赤ちゃんを望んだはずなのに、いざ妊娠すると思いのほか大変で、怖気づいてしまった私を彼は優しく包み込んでくれた。

そのおかげか、マタニティブルーを脱出したあとは産休まで楽しく過ごすことができた。


あっという間に月日が流れ、出産予定日を五日越えたその日、とうとう陣痛が始まった。

「んーっ」

理人さんは仕事を休んで病院に付き添ってくれたが、陣痛が強くなってくると話もできなくなり、ただうなるだけ。彼を心配させたくないのに、笑う元気もない。

「頑張れ、真優」

眉間にシワを寄せて私を励ます理人さんは、背中をさすったり、ストローを使って水を飲ませてくれたり、甲斐甲斐《かいがい》しく世話を焼く。

それがありがたいのに、「心配しないで」のひと言すら出てこない。もちろん、少しも大丈夫じゃないからだ。

出産を経験した仁美には、『痛かったけどもう忘れちゃった』なんて言われたけれど、あれはもしかしたら私の恐怖を和らげるための嘘だったのかもしれない。だって、とても忘れられるような痛みではないもの。

入院から十九時間。今までにない強い痛みに耐えぐったりすると、私が気絶したと勘違いした理人さんが慌てふためき助産師さんを呼んでくれた。

「あら、全開よ。急に進んだわね」

一時間ほど前にドクターの診察を受けたときは『もう少しかかりそうね』と言われてがっかりしたのだが、なぜか一気に子宮口が開いたらしい。

この個室は陣痛から出産、そして産後の回復までひとつのベッドで過ごせるＬＤＲ室。通常は陣痛室から分娩室に移り、出産後は回復室へと何度も移動が必要なのだが、ここはそれが必要ない。

料金は高いものの、できるだけ苦労をさせたくないと理人さんが予約してくれた。

助産師さんが一旦出ていったあとは次々と医療器具が運ばれてきて慌ただしくなった。

「小暮さん仰向けになれますか？」

「え……」

お腹が引き裂かれそうな強い痛みのせいで、横向きにしかなれない。

「ちょっと待ってください」

私の代わりに理人さんが答え、手を握ってきた。

「真優、つらいだろうけど頑張るぞ。一、二の三でいくからな」

「ああー」

理人さんが話す間も激しい痛みが襲ってきて叫んでしまう。

「ごめんな。いけるか？」

わずかに陣痛が和らいだとき、覚悟を決めてうなずいた。

「一、二の三」

理人さんはかけ声をかけ、私の体を動かしてくれる。

「痛ーっ」

歯を食いしばって耐えているつもりなのに、涙がにじんできた。

「よくできたね。もうすぐ会えるよ」

彼が褒めてくれるが、これではまるで子供だ。でも、この際なんだっていい。私が叫び声をあげるたびに同じように苦しそうな顔をする彼のためにも、無事に赤ちゃんを誕生させなければ。あれほど望んだ命にもうすぐ会えるのだから。

「小暮さん、このバーを握ってください」

助産師さんは慣れた様子でてきぱきと準備を進めていく。理人さんは私の涙をそっと拭った。

先生が入ってきてすぐに分娩が始まる。

「小暮さん、苦しいけど息は止めないでね。長ーく吐いて」

呼吸法を教えてもらっているのに、痛みでその通りにはとてもできない。

息を吐き切れば自然と吸えるため意識して吐くようにと言われているのだけれど、ただの呼吸がこんなに大変だとは思わなかった。

「あぁぁ」

「真優、息を吐くよ。フー」

腰の骨が砕けるのではないかと思うような強い痛みに顔をゆがませると、理人さんが必死に話しかけてくる。

「ほら、フー」

「あぁっ、もう無理」

「真優、落ち着いて」

痛みのせいで取り乱す私を、理人さんは何度もなだめる。

「息を吐くんだよ。一緒にやろうな。フー」

「小暮さん、旦那さん応援してるよ」

助産師さんからも声をかけられて我に返った。私が頑張らなければこの子は出てこられない。

「そろそろいきみますよ。次、痛みが来たら頑張って」

先生の指示でピリッと緊張が走り、バーを握る手に力が入る。するとその手を理人さんが包み込んだ。

「俺も一緒だ」

泣きながらうなずく。

「あー、痛い」

「はい、いきんで」

「んんんー」

私は歯を食いしばり赤ちゃんを誕生させようと頑張った。

「一旦休憩。息を吐いて、大きく吸って」

助産師さんの指示が飛ぶ。

涙があふれてきて止まらない。

「真優、もうすぐだよ」

私を励まし続ける理人さんは、タオルで私の涙を拭う。献身的というのはまさにこういう姿だというよき夫ぶりを発揮する。

彼はこうしたことが自然とできる優しい人だ。

そんな彼との赤ちゃんにもうすぐ会える。もう少しだけ頑張れば、この腕に抱ける。

「あっ」

「もう一回頑張りますよ。いきんで」

「あぁーっ」

情けない叫び声をあげながら力を振り絞った。

しかし、簡単に産めるほど甘くはない。

「はい、力抜いて」

あと何度繰り返したら赤ちゃんに会えるのだろう。

苦しみの中チラリと理人さんに視線を送ると、彼の顔がゆがんでいる。

「つらい思いをさせてごめんな。もうちょっと――」

「お水……」

「了解」

彼はきっと代わってやりたいと思っている。私が逆の立場ならそう感じるだろうと考えたら、どれだけ叫ぼうがわがままを言おうが、全部彼が受け止めてくれると気持ちに余裕ができた。

すぐにストローが差し出されたのでひと口飲んだ瞬間、再び痛みに襲われていきむ。

そのたびに涙が流れ、叫ばずにはいられないが、このみっともない姿も包み隠さず理人さんに見てもらおう。

痛くて苦しくて、とてつもなくつらい時間が続くが、必死に歯を食いしばった。

これまで私の心はずっと不安定だったと思う。病気に絶望し、妊娠していないとわかるたびに落ち込み、なにもかも放り出したい気持ちに陥った。しかし理人さんだけはブレずに私を励まし続けてくれたから今日がある。

「いきんで！」

「あぁぁぁ」

渾身《こんしん》の力を振り絞るも、まだまだ赤ちゃんには会えない。

「見えてきましたよ。もう少し」

「はいっ！」

助産師さんに励まされて気合を入れるために大きな声で返事をすると、先生に笑われた。でも、理人さんは小さくうなずき私の手をしっかりと握りしめる。

「もう一回」

「んーっ」

その瞬間、体からするりとなにかが出ていった感覚があり、助産師さんが赤ちゃんを取り上げるのが見えた。

「産まれましたよ。おめでとうございます」

助産師さんがそう言うも、泣き声が聞こえてこなくて緊張が走る。

「ほら、頑張れ」

助産師さんが赤ちゃんのお尻をトンと叩くと「ギャー」という、ちょっと予想とは違った金切り声が聞こえてきて思わず白い歯がこぼれた。

「あらまあ元気ね。男の子ですよ」

助産師さんが抱く赤ちゃんを見て先生が教えてくれる。性別は検診でわかっていたが、その瞬間、涙がとめどなく流れ出した。

ほどなくしてタオルでくるまれた赤ちゃんが私の腕の中にやってきた。

「小さい……。よく頑張ったね」

想像していたサイズよりずっと小さく、抱きかかえるだけでつぶれてしまいそうだ。

「ようこそ小暮家へ」

私の次に声をかけた理人さんもまた瞳を潤ませている。

「赤ちゃん、処置しますね。小児科医にも診てもらいます」

すぐに赤ちゃんは離れていき、私は産後処置が始まった。

「ありがとう、真優」

「ううん。私こそ、ありがとう」

彼が粘り続けてくれたから、こんな幸せな瞬間を迎えられた。

「大切にする。真優もあの子も」

「はい」

ここまで長かった。けれど、絶望から理人さんが救い上げてくれた。

「小暮さん、本当によく頑張りましたね。お疲れさまでした」

「ありがとうございました」

子宮内膜症を見つけてくれた先生は、しっかり出産まで見守ってくれた。

妊娠で生理が止まっていた今、子宮内膜症の症状は改善しているはずだけど、また生理が始まれば悪化する可能性がある。

でも今度は取り乱さずその診断を受け入れられる気がする。

少し前に理人さんと話したのだが、今後は特に不妊治療はしない。

子供を抱えて大変な治療をもう一度する自信がないと正直に話したら、彼は『もちろん、それで構わない』とふたつ返事だった。

とはいえ、第二子がいらないというわけではなく自然に任せるつもりだ。

しばらくすると、小児科医の診察が終わった赤ちゃんをもう一度抱かせてくれた。

「呼吸も問題ありませんでしたよ。お母さんの肌の温もりを感じさせてあげてください。一旦失礼しますのでなにかあれば呼んでくださいね」

助産師さんは赤ちゃんを優しく見つめてから出ていった。

さっき金切り声で泣いた赤ちゃんは、ぐっすり眠っているようだ。

「この子も疲れたのかな」

「ふたりとも頑張ったんだよ」

理人さんは赤ちゃんの頬におそるおそる触れている。

妊娠も正常な出産もあたり前ではないと知った私たちは、こうして無事に我が子に会えたのがうれしくてたまらない。

どんなに望んでも授かれなかったり、せっかく授かっても途中でお別れしなければならない事態もある。

だからこそ、この腕に我が子を抱けたことを感謝して、全力で幸せにならなければと思う。

「理人さん……」

そんなことを考えていたら、再び涙がにじんできた。

「どうした？　つらい？」

「ううん。私……幸せ」

目尻から幸福の涙がこぼれると、理人さんはそれをそっと拭う。

「俺も。真優に出会えてよかった。家族になってくれてありがとう」

そして彼は私に優しいキスを落とした。

番外編

愛おしい家族　Ｓｉｄｅ理人

俺たちの息子・敦史《あつし》が生まれて、あっという間に七カ月が過ぎた。

誕生を大喜びしてからこれまで、それはそれはいろいろあった。初めての発熱でけいれんを起こしたり、顔に真っ赤な発疹《ほっしん》が広がって焦ったら、泣きすぎで毛細血管から出血しているとわかったり、子供を育てるのがこれほど大変だとは。

無論、俺以上に奮闘したのは育休中の真優だ。「どんな仕事よりきつい」と漏らしながらも、適応力の高い彼女は日々母としての役割を果たしている。

土曜の今日は俺も仕事が休み。寝不足の真優を寝室に追いやって、敦史の面倒を見ている。が、一筋縄ではいかない。

「ちょっ、待て……」

おむつ交換の際、敦史を寝かせて、最近パンツタイプに変えたおむつの端を破り、おしり拭きに手を伸ばしたところで、クルンと回転して脱走されてしまったのだ。

「こら、敦史。おとなしく……。あーっ！」

器用にずりばいして俺から少し離れたところでちょこんと座った敦史は、なんと再び漏らし始めて床に水たまりを作ったのだ。しかも悪びれる様子などまったくなく、キャキャッと楽しそうな笑い声まであげている。

「おちょくられてるな、俺」

もちろん、敦史にそんなつもりがないのはわかっているのだが。

「触るなよ。今、きれいにしてやるからな」

自分の漏らした尿に手を伸ばすのを間一髪のところで止めた。

「真優、毎日どうしてるんだ？」

寝返りを打つようになり動き始めてから毎日が闘いだと真優は漏らすが、おそらくこういうことなのだろう。

俺もできる限り育児を手伝っているつもりではあるけれど、仕事のある平日はどうしても真優に頼らざるを得ない。

出産後一週間は休暇を取れたのだが、それなりに責任ある立場にいるため、長期の休みは無理だったのだ。改めて、仕事と育児の両立は難しいと感じている。

「理人さん、どうしたの？」

俺が大声を出したせいで真優が起きてしまった。リビングに顔を出した彼女は、すぐに状況を察して敦史をヒョイッと受け取る。

「理人さん、シャワー行ってきます」

「了解」

仕事では彼女に指示を出す立場の俺も、敦史の前では逆。真優に頭が上がらない。

彼女は俺のように動揺することなくあっという間にシャワーで洗い流し、新しいおむつをはかせた。役立たずの俺は、小さくなって床を掃除する。

「敦史、パパを困らせたらダメよ」

リビングに戻ってきた真優は、敦史を抱いて注意している。しかし敦史は大好きなママに抱かれてご満悦の様子だ。

「そろそろご飯食べようか」

離乳食が始まっている敦史に真優が語りかける。敦史はニコニコ顔だが、実は離乳食があまり好きではなく、これまた毎日苦労している。

目下のところ一番の悩みは、離乳食をどうしたら食べてくれるようになるかなのだ。

今は午前と午後に一回ずつの二回だけ。あとはまだ母乳で、敦史はそちらのほうが大好きなおっぱい星人。味なのか舌触りなのか、離乳食のなにが気に入らないのか知る由もないが、ともかく嫌いらしい。

真優がてきぱきと準備している間、俺は敦史を預かり、一緒に積み木で遊ぶ。しかし敦史の視線はしばしば真優のほうを向き、〝ママと遊びたいんだよ〟という主張が激しい。

「敦史。ほら、お家作ったぞー」

天然木の積み木で家らしきものを作ったのに、敦史はそれを容赦なく壊して積み木を舐め始める。こうして舌で物を確認している時期だとはいえ、俺の作った家にはまったく興味示さないのに苦笑した。

「敦史、お待たせー」

やがて真優がおかゆと粗つぶしにしたカボチャ、そして白身魚をほぐしたものを持ってきた。俺も料理はするが、離乳食はまだ勉強中だ。

敦史を抱き上げて彼専用のイスに座らせ、スタイをかける。この時点でもう不機嫌なのは、遊びたいからなのか離乳食が嫌だからなのかはわからない。

「はーい、いただきます」

真優が敦史の前で手を合わせて軽く頭を下げると、敦史もちょこんと頭を下げる。

なんてかわいいんだ。

親バカだと言われようが、かわいいものはかわいい。

真優はおかゆをスプーンですくい、敦史の口に持っていく。すると敦史は口を開けてそれを入れた。ところが……。

——ガシャン！

気に入らなかったのか、敦史が目の前に置かれたベビー用の茶碗を思いきり手で振り払ったので、離乳食が無残にも床に散らばった。

「なんで？　ママがこんなに一生懸命作ってるのに、どうして食べてくれないの？」

涙目の真優は唇を噛みしめる。

離乳食が好きな子とそうでない子がいるのは承知しているはずなのだが、先日児童館に赴いたとき、同じ月齢の女の子が敦史の三倍ほど食べると聞いて気にしているのだ。

普段なら受け流しそうな彼女だけれど、疲れていて余裕がないのだろう。さらに「そんなにまずい？　ママの調理が下手なの？」と敦史に詰め寄る。

「真優。落ち着こう」

敦史は真優の切羽詰まった声に不穏な空気を察知したのか、顔をゆがめて大声で泣きだしてしまった。

「泣きたいのはママよ」

真優はそう言い残してリビングを出ていった。

「敦史。俺の女を泣かせるなよ」

真優の姿が視界から消えたからか、より激しく泣き始めた敦史を抱き上げる。

わかってはいたけれど、育児は楽しいことばかりではない。もちろん敦史が我が家にもたらした幸福はなににも代えがたいが、つまずきもあるのが現実だ。

敦史はひとしきり泣いたものの、そのうち疲れたらしく眠ってしまった。

彼を和室に寝かせ、寝室に向かう。すると真優はベッドの端に座り、難しい顔をしていた。

「真優。敦史は寝たよ」

「ごめんなさい、私――」

「真優が謝ることはひとつもない」

敦史が離乳食を食べないのは彼女の調理が下手だからではないし、疲れた体で懸命に作った離乳食を食器ごと落とされたら、誰だって腹が立つ。

俺は真優の隣に座り、彼女を抱きしめた。

「真優はいいママだよ」

「でも……」

「敦史は食に関しては少し成長がゆっくりなんだよ。突然食べるようになる子もたくさんいるんだから焦らないで」

落ち込む彼女が俺に体を預けてきたので、一層強く抱きしめる。

「わかってるのに……。私、このままじゃ敦史に嫌われちゃう」

「そんなことはないぞ。敦史は真優の姿をいつも捜してる。大好きなんだよ、ママが」

これは慰めではない。敦史は俺に抱かれていても、いつも真優がどこにいるのか確認しているからだ。

「それより俺がまずいな。おむつ替えもまともにできないなんて。敦史、逃げ足が速くなってないか？」

「ずりばいのスピードは確実に上がってます」

「やっぱり」

元気にすくすくと育ってくれれば、少しくらいやんちゃでもいい。けれども、真優がへとへとなのが心配だ。

「俺にももっと手伝わせて。敦史にそっぽ向かれたくないし、真優に役立たずと愛想を尽かされたくない」

「役立たずなわけがありません。忙しいのにこんなに手伝ってもらって……」

そう言ってくれるのはうれしい。でも、俺にもまだできることがあるはずだ。

「いつも本当にありがとう。ふたりで頑張ろう」

俺は腕の力を緩めて彼女の柔らかい唇を奪う。途端に顔が真っ赤に染まるのを見て押し倒したい衝動に駆られるが、さすがに疲れている彼女にそんな要求はできなかった。


翌日の日曜は朝から張り切った。

「さぁ、まずはおむつ替えのエキスパートになるぞ。敦史、パパと勝負だ」

おむつ替えに奮闘したあと、離乳食を作って食べさせようとしたけれど、口を真一文字に結びイヤイヤをされる始末。

「クソー」

仕事がうまくいかないときより悔しい。

「なんとか食べてくれる方法はないのかな……」

結局、ささみのすりおろしをひと口しか食べなかった敦史に寝室で母乳を与えた真優が、リビングに戻ってきてため息をつく。

「母乳をあげすぎなのかな」

「そんなことはないぞ」

出産直後、これまたあたり前に出るものだと思っていた母乳も簡単には出ず、真優はしばらく悩む日々だった。

根気よく続けているうちに出るようになって今に至る。今はまだ、たっぷり母乳を飲ませても問題ない時期のはずだ。

「そうですよね。母乳をあげているときは私も幸せで。飲みながら寝ちゃう姿とか見ているとかわいくて」

どうやら今も、お腹が満たされた敦史はコテンと眠ったらしい。

「離乳食と俺たちの食事を同じ時間にしてみようか」

「同じ時間？」

敦史の離乳食は一日二回のため、俺たちの食事の時間とはずれている。

「そう。それで、敦史の前でおいしそうに食べて見せるんだ。他人がモリモリ食べてると、生唾が出るだろ？」

「たしかに。やってみましょう」

うまくいく保証はないが、この際なんでも試してみたい。

敦史が目を覚ましたあとは真優に任せて、俺が料理をすることにした。今日は彼女が大好きなパエリアだ。思えば彼女に初めて振る舞ったのもパエリアだった。

　敦史の離乳食も準備して一緒にテーブルに並べる。すると敦史は興味津々で、俺たちの食事を観察し始めた。

「いただきます」

　真優が手を合わせると、やはりちょこんと頭を下げる敦史。食べるのが好きではないのに、挨拶だけはしっかりしていておかしい。

　真優がニンジンのすりおろし入りのおかゆを敦史の口に持っていったが、相変わらず険しい顔。いつもならなんとか食べさせようと四苦八苦するのだけれどあっさり引いて、今度は自分たちが食べ始めた。

「真優、あーん」

「え？」

　パエリアを真優の口の前に持っていくと、彼女は目を丸くしている。

「ほら、真似させないと」

　なんて言いながら、実は久しぶりの真優との戯れに心躍らせているのは内緒だ。

「そう、ですよね」

　渋々納得した真優は俺のスプーンからパエリアを食べて、少し恥ずかしそうに咀嚼した。

あぁ、母になってもかわいらしい。

敦史の前なので黙っておくが、ほんのり頬が上気している真優の表情はいつだってたまらない。

敦史。本当はママのこういう顔を見ていいのはパパだけなんだからな。

大人げなく心の中で対抗心を燃やすのは、真優とふたりきりの時間がなかなか持てなくなっているからだ。

敦史は目に入れても痛くないほどかわいい。でも、子育てに奮闘する真優への愛も日に日に増しているのだから仕方ないだろう？

「真優、俺にも食べさせて」

「えっ⁉　……は、はい」

ちょっと調子に乗っているのは自覚している。しかしせっかく敦史のためという大義名分があるのだから、堂々といちゃつかせていただこう。

目をキョロキョロさせた真優のスプーンからパエリアをパクッと食べると、敦史がじっと見ているのに気づいた。

「それじゃあ、もう一回」

「まだやるんですか？」

「当然」

こんなに楽しいのに、やめられるわけがない。

ためらう真優の前に再びスプーンを差し出すと「んー、んー」と敦史の声にならないうなりが聞こえてきた。

「敦史も食べる？」

そこで真優が再びおかゆを敦史の口に運ぶと、なんとためらいなく口に入れてもぐもぐし始める。

「やった」

真優が、おそらく敦史をびっくりさせまいと小声で喜びを表した。

「おいしいだろ？　パパからもどうぞ」

ごくんと飲み込んだのがわかったので、今度は俺がスプーンを差し出す。しかし、敦史はそれを払いのけ、真優のほうに手を伸ばした。

「もういらないのか？」

やっぱりダメだったか……と肩を落とした次の瞬間、再び真優がチャレンジすると、敦史は口を開けて待っている。

まさか、俺からはいらないという意思表示なのか？

「なんだよ、敦史。お前がママを大好きなのはよーくわかったよ。今は譲る。でも、お前が寝たらママと一緒にお風呂に入るから」

「ちょっ、理人さん？」

慌ててふためく真優が俺を制するが、小さなライバルに負けてなるものか。

こうやって真優を取り合いながら生きていくのも悪くない。ただし、敦史はいつか最愛の人を見つけるのだろうし、真優は俺のものと決まっているんだからな。

「風呂は本気だから」

「え……」

敦史だって、パパとママの仲がいいほうがいいだろう？

俺たちがこそこそ話していると、敦史がテーブルをバンと叩く。

「怒ってる」

真優がつぶやくので噴き出した。

こんな他愛もないやりとりも、俺たち家族の大切な思い出として蓄積していくのだろう。

敦史に離乳食を食べさせ始めた真優の柔らかい表情を見ながら思う。

俺はとてつもなく幸せ者だ。愛する妻と息子がいて、一緒にこの先の未来を歩いていける。

「真優、敦史。これからもよろしくな」

「えっ？　はい、もちろん」

一瞬きょとんとする真優だったが、満面の笑みを浮かべてうなずいた。

END

あとがき

紆余曲折しながら幸せな生活にたどり着いたふたりを、お楽しみいただけましたでしょうか。しばらく敦史に振り回されてあたふたするでしょうね。でもそれも含めて幸せなんだろうなと思いつつ、ＥＮＤマークです。

私には子供がひとりおります。幸い不妊治療をすることなく授かりましたが、この作品を書いていて、授かるまでに一年以上かかってる？と気がつきました。私にはもっと仕事がしたいという欲求がありましたので、〝妊娠できない。どうしよう〟と考えることもなく、また真優のように自分に不妊の可能性があるかもしれないとはつゆとも思わず、淡々と日常生活を送っていました。でも、もし欲しくて病院に駆け込んでいたら不妊と診断されたのかもしれないと知り、今さらながらにびっくりしています。その後、特に治療もせず授かりましたので、この作品を読んで〝一年経ってる、不妊だ〟と不安を抱くのではなく、心配でしたら産婦人科を受診してください。

妊娠、出産に関してはいろいろな意見がありますよね。ただ、結婚後は子供をつくるという選択をする人が多いせいか、そうでない場合の肩身が狭いように感じます。仕事をバリバリやりたいから、子供は苦手だから、などの理由で出産しないと考える人がいてもおかしくはないし、不妊治療をしてまではいらないかなと思う方もいらっしゃるはず。そうした多様な考え方があってもよいはずなのに、結婚したら「そろそろ赤ちゃんは？」と尋ねられてしまうのが現実です。この質問は、赤ちゃんを望んで不妊治療をされている方にとってもつらいものです。妊娠出産に限らず、他人の人生に首をつっこむのはやめましょうと切に思います。

少子化が叫ばれる今、出産は大歓迎のはずですが、マタハラされたとか保育園に入れないとか耳にしますし、現実は優しくないのが残念です。矛盾だらけの世の中ですが、自分の人生は自分のもの。進みたい道を自分の意思で選択しましょうね。

この作品をお手に取ってくださいました皆さま、出版にご尽力くださいました関係者さま。ありがとうございました。

佐倉《さくら》伊織《いおり》

佐倉伊織先生への
ファンレターのあて先

〒104-0031
東京都中央区京橋1-3-1
八重洲口大栄ビル7F
スターツ出版株式会社　書籍編集部　気付

佐倉伊織先生

本書へのご意見をお聞かせください

お買い上げいただき、ありがとうございます。
今後の編集の参考にさせていただきますので、
アンケートにお答えいただければ幸いです。

下記URLまたはQRコードから
アンケートページへお入りください。
https://www.berrys-cafe.jp/static/etc/bb

天敵御曹司と今日から子作りはじめます
～愛され妊活婚～

2021年7月10日　初版第1刷発行

著　者　佐倉伊織
©Iori Sakura 2021
発行人　菊地修一
デザイン　hive & co.,ltd.
校　正　株式会社鷗来堂
編集協力　妹尾香雪
編　集　今林望由
発行所　スターツ出版株式会社
〒104-0031
東京都中央区京橋1-3-1　八重洲口大栄ビル7F
TEL　出版マーケティンググループ　03-6202-0386
（ご注文等に関するお問い合わせ）
URL　https://starts-pub.jp/
印刷所　大日本印刷株式会社

Printed in Japan

乱丁・落丁などの不良品はお取替えいたします。
上記出版マーケティンググループまでお問い合わせください。
定価はカバーに記載されています。

ISBN 978-4-8137-1115-5　C0193

ベリーズ文庫 2021年7月発売

『捨てられママのはずが、御曹司の溺愛包囲で娶られました』　美希《みき》みなみ・著

カタブツ秘書の紗耶香は3才の息子を育てるシングルマザー。ある日、息子の父親である若き社長、祥吾と再会する。自らの想いは伏せ、体だけの関係を続けていた彼に捨てられた事実から戸惑う紗耶香。一目見て自分の息子と悟った祥吾に結婚を迫られ、空白の期間を埋めるような激愛に溺れていき…!?

ISBN 978-4-8137-1114-8／定価715円（本体650円＋税10%）

『天敵御曹司と今日から子作りはじめます～愛され妊活婚～』　佐倉伊織《さくらいおり》・著

OLの真優は、恋人との修羅場を会社の御曹司・理人に助けられる。その後、元彼の豹変がトラウマで恋愛に踏み込めず、自分には幸せな結婚・妊娠は難しいのかと悩む真優。せめて出産だけでも…と密かに考えていると理人から「俺ではお前の子の父親にはなれないか?」といきなり子作り相手に志願され…!?

ISBN 978-4-8137-1115-5／定価737円（本体670円＋税10%）

『秘密の出産でしたが、御曹司の溺甘パパぶりが止まりません』　pinori《ぴのり》・著

御曹司・国峰の秘書に抜擢されたウブ女子・千紗。ひょんなことから付き合うことに。甘く愛され幸せな日々を送っていたが、ある日妊娠発覚!　彼に報告しようとするも、彼に許婚がいて海外赴任が決まっていると知り、身を引こうと決心。一人で産み育てるけれど、すべてを知った国峰に子供ごと愛されて…。

ISBN 978-4-8137-1116-2／定価715円（本体650円＋税10%）

『身代わり政略結婚～次期頭取は激しい独占欲を滲ませる～』　宇佐木《うさぎ》・著

箱入り娘の梓は、従姉妹の身代わりで無理やりお見合いをさせられる。相手は大手金融会社の御曹司で次期頭取の成。さっさと破談にしてその場を切り抜けようとするが、成は「俺はお前と結婚する」と宣言し強引に縁談を進める。いざ結婚生活が始まると成はこれでもかというほど溺愛猛攻を仕掛けてきて…!?

ISBN 978-4-8137-1117-9／定価715円（本体650円＋税10%）

『エリート外科医は最愛妻に独占欲を刻みつける』　砂原雑音《すなはらのいず》・著

仕事も恋もうまくいかず落ち込んでいたOLの雅は、ひょんなことからエリート医師の大哉と一夜を共にしてしまう。たった一度の過ちだとなかったことにしようとする雅だが、大哉は多忙な中、なぜか頻繁に連絡をくれ雅の気持ちに寄り添ってくれようとする。そんなある日、雅に妊娠の兆候が表れ…!?

ISBN 978-4-8137-1118-6／定価715円（本体650円＋税10%）

ベリーズ文庫 2021年8月発売予定

Now Printing

『不協和結婚』 水守《みずもり》恵《え》蓮《れん》・著

大病院の院長の娘・那智は恋人にフラれた直後、冷徹な天才ドクターの暁と政略結婚させられる。彼にとっては病院の跡取りの座が目的の愛のない結婚と思いこむも、初夜から熱く求められ戸惑う那智。「お前を捨てた男に縋ってないで俺によがれ」独占欲を剥き出しにした暁の濃密な愛に、那智は陥落寸前で…!?

ISBN978-4-8137-1128-5／予価600円＋税

Now Printing

『幼馴染な御曹司と育み婚』 小春《こはる》りん・著

ホテルで働く牡丹はリゾート会社の御曹司・灯と幼馴染。経営の傾く家業の支援を条件に、彼は強引に結婚を進め、形だけの夫婦生活がスタート。ひょんなことから、灯の嫉妬心が暴走。妻の務めだと抵抗する牡丹を無理やり抱く。すると翌月、妊娠が発覚。愛のない結婚だったはずが、極甘旦那様に豹変して…!?

ISBN978-4-8137-1129-2／予価660円（本体600円＋税10%）

Now Printing

『堅物外科医とゆっくり甘く実る恋』 鈴《すず》ゆり子《こ》・著

恋愛ベタな千菜は、父から突然お見合いをさせられる。相手は大病院の御曹司で敏腕外科医の貴利。しかし千菜は貴利が大の苦手だった。当然、貴利も断るだろうと思いきや「お前が俺のことを嫌いでも、俺はお前と結婚する」と無表情に告げられる。強引に始まった同居生活だが、貴利は思いのほか溺甘で…!?

ISBN978-4-8137-1130-8／予価600円＋税

Now Printing

『離れても好きな人～双子の愛の証が結んだ赤い糸～』 田崎《たさき》くるみ・著

カフェで働いている星奈は優星と結婚を約束していたが、ある理由から彼の元を離れることを決意。イギリスに赴任した優星と連絡を絶つも、その後星奈の妊娠が発覚して…。1人で双子を産み育てていたが、数年越しに優星が目の前に現れて!?　空白の時間を埋めるような、独占欲全開の溺愛に抗えなくて…。

ISBN978-4-8137-1131-5／予価660円（本体600円＋税10%）

タイトル、価格等は変更になることがございますのでご了承ください。

ベリーズ文庫 2021年8月発売予定

Now Printing

『純潔花嫁―その身体、一生分の愛で買います―』 葉月《はづき》りゅう・著

恋を知らない花魁の睡。ある日紡績会社の社長・時雨に突然身請けされ、彼と夫婦になることに。お互いに気持ちはない新婚生活かと思いきや、時雨からは強く抱きしめられ甘く唇を奪われて…!? 「早く帯を解いて、滅茶苦茶に愛したい」――普段は冷静な彼の滾った熱情に、睡も胸の高まりを隠せなくて…。

ISBN978-4-8137-1132-2／予価660円（本体600円＋税10%）

Now Printing

『身代わり従者の淫らな契約～男装即バレで冷徹軍人皇帝の愛の証を身ごもりました～』 友野紅子《とものこうこ》・著

弟の身代わりとして男装し、冷徹軍人皇帝・サイラスの従者となったセリーヌ。しかし、男装が即バレ!? 弱みを握られたセリーヌは、なんとカラダの契約を結ぶように言われてしまう。毎夜濃密にカラダを重ね続け、セリーヌは初めての快楽に身も心も溺れていき…。ついに皇帝の赤ちゃんを身ごもって!?

ISBN978-4-8137-1133-9／予価660円（本体600円＋税10%）

Now Printing

『獣人皇帝の忌み姫～結果、強面パパに愛され過ぎまして～』 朧月《おぼろづき》あき・著

前世の記憶を取り戻した王女ナタリア。実は不貞の子で獣人皇帝である父に忌み嫌われ、死亡フラグが立っているなんて、人生、詰んだ…TT バッドエンドを回避するため、強面パパに可愛がられようと計画を練ると、想定外の溺愛が待っていて…!? ちょっと待って、パパ、それは少し過保護すぎませんか…汗

ISBN978-4-8137-1134-6／予価660円（本体600円＋税10%）

タイトル、価格等は変更になることがございますのでご了承ください。